ハーレクイン文庫

# 秘密の妹

キャロル・モーティマー

琴葉かいら　訳



HARLEQUIN
BUNKO

SAVAGE INTERLUDE

by Carole Mortimer



Published by Harlequin Japan, a Division of K.K. HarperCollins Japan, 2025

# 秘密の妹

## ◆主要登場人物

キャサリン・ダーウッド……大物実業家の隠し子。愛称ケイト。
アンジェラ・ダーウッド……ケイトの母親。故人。
リチャード・セントジャスト……ケイトの実父。故人。
ジェームズ・セントジャスト……ケイトの異母兄、後見人。リチャードの息子。
ルイーズ・セントジャスト……ジェームズの母親。
シェリ……ジェームズの恋人。
ジェニングズ……ジェームズの家の執事。
ダミアン・サヴェッジ……大富豪。映画監督。
マット・ストレンジ……俳優。

# 1

「あなたにそんな権利はない！」ケイトは頭頂でまとめた長い髪をなでつけ、茶色の目に散る金の斑点を怒りに燃え立たせた。「なぜいつも口出しするの？」

ジェームズは原稿から顔を上げ、皮肉めいた微笑を浮かべた。「僕にはその権利があるよ。ハンフリーズはお前には合わない」ソファの脇に原稿を放る。

ケイトの目に涙があふれた。「あなたがそんな調子なら、私は誰ともつき合えないじゃない」

ジェームズはふふんと鼻を鳴らして笑い、立ち上がってウイスキーのお代わりを注《つ》いだ。「お前はまだ十八だ。男に出会うたびに飛びつくようなまねはやめろ。時間はたっぷりあるんだ、いずれ理想の男に出会える」

ケイトは口をとがらせた。「でも、ナイジェルは気に入ってたの。面白そうな人だと思ったのよ」

ジェームズは肩をすくめた。「たいていの男は面白そうに見えるだろう？　ふくれっつらはやめろ。ダミアン・サヴェッジがもうすぐ来るから、お前にそんな顔でにらまれたら、すぐに帰ってしまうよ」

「最高」ケイトは子供っぽい返事をした。「そもそも、誰がダミアン・サヴェッジに会いたいっていうの？」

「僕だ。この脚本は悪くない」

「お眼鏡にかなったってわけね、お兄さま？」

ジェームズは顔をしかめた。「兄と呼ぶな。お前との血縁は公にしたくないんだ、わかってるだろう」

「あなたのお父さんと同じね」

「僕たちの、父さんだ」ジェームズは訂正した。

「それはお父さんが死ぬまでは極秘事項だったわ」

「ふてくされるな」ジェームズはほほ笑んだ。「父さんは遺言でお前のことを気にかけてくれただろう？」

「そうね。ひっそり生きてきた私は華やかな人生へと引きずり出された！　あなたの生活に押し込まれて、それまでの友達から引き離された。今では知り合いの半数が、私はあなたの――」

「落ち着け！　僕の……僕たちの父さんはビジネス界の重要人物だったし、僕も無名とは言えない。母さんのこともある。夫がお前の父親だと世間に知られたら、母さんはどんな立場に置かれると思う？」

「あなたの名声にも傷がつく。だから世間には、私はあなたの愛人か何かだと思わせておくのよね」

「僕もロリコンだと思われてる。いいんだ、世間にどう思われようとも。父さんの望みどおり、僕がお前を守って、お前の面倒を見られることが大事なんだ」

「でしょうね。この二年間、あのおぞましい寄宿学校を辞めると言って以来、あなたの許可なしでは何もできなかったし、誰にも会えなかったもの」

「わかってくれよ。誰にも会えなくなったわけじゃないだろう。今週末も大勢が来てくれたじゃないか」

「全員あなたの友達よ」ケイトはジェームズをにらんだ。「一流の有名人で、ハンサムで、悪名高いジェームズ・セントジャスト。世界中で公開されている映画に何本も出ているから、あなたと一緒だと、どこへ行くにも何をするにも人に気づかれるのよ」

「それでもお前は学校を辞めると言い張っただろう」

「ええ、でも学校を辞めてあなたと暮らしたいとは言ってない。学校もいやだったけど、ここは監獄よ！」

「大げさだな。ここでは望めば何でも手に入る。服も、お金も、友達も。不自由はさせていない」

「愛が足りない」

ケイトの悲しげな顔を見て、ジェームズは笑った。「僕はお前を愛してるよ。これ以上何を望むんだ？」

「まったくだ」背後から長く伸ばすような、わずかにアメリカ訛《なま》りがまじった声が聞こえた。「ミス・ダーウッドが持っているものを手に入れるためなら、喜んですべてを手放す女性は大勢いるだろうね」

「おい！」ジェームズは立ち上がり、闖入《ちんにゅう》者のほうを向いた。「この部屋は誰も入れないことになって……ダミアンか！ 驚いたな！ 君が来たらプールに案内するよう、ジェニングズに言っておいたんだが」

緑の目が細められた。「僕はプールに追いやられるためにわざわざ来たわけじゃない。ミス・ダーウッドとのひとときをじゃましたのは悪かったが、イギリスには長くいられないし、予定もいっぱいなんだ」

低く、わずかにかすれたその声は魅力的だったが、言っている内容に魅力はなかった。その深い緑の目ににじむ軽蔑の色も快いものではない。この有名な男性の写真なら何枚も見たことがあるが、どの写真も彼の姿を伝えきれてはいなかった。百八十センチをゆうに超す長身も、髪の黒さも、目の深いエメラルド色も、表現しきれてはいなかった。顔はよく日焼けし、目鼻立ちは鋭く、軽蔑がにじむ薄い唇と鋭い鷲鼻《わしばな》をし、悪魔じみた顔の両側は削《そ》げている。

「どうぞ」男性のそっけなさには動じず、ジェームズは彼を招き入れた。「もちろん、プールに行きたくないなら行かなくていい。何か飲むかい？」

「ウイスキーを」ダミアン・サヴェッジは言った。

ジェームズは自分で客にウイスキーを注いだ。「ダミアン、脚本を読んだよ。気に入った」

映画監督はケイトをじろりと見た。「二人きりで話せないか？　あの脚本はまだ世間に出していない」

「ケイトは世間じゃない」ジェームズは笑った。「彼女に隠し事はしてないから、君も自由に話してくれ」

「それでも、僕は二人で話したい」

ジェームズは肩をすくめた。「いいかな、ケイト？」

ケイトは兄と客の傲慢な顔を見比べた。「でも――」

「お願いだ、ケイト」兄の目は懇願していた。

ケイトはダミアンをにらみつけた。偉そうな顔！　全身黒ずくめという悪魔のような姿で現れ、誰かれ構わず指図している。今回は兄の頼みを聞くが、この男がまた命令しようとするなら、そのときは……。

「わかった」ケイトは無愛想に同意した。「あとでね、ジェームズ」ダミアンのことは無視したが、冷静な表情を見る限り、彼は気にしていないようだった。

ケイトは優雅に腰を揺らし、完璧な体つきが薄緑のビキニで強調されていることを意識しながら部屋を出た。ダミアン・サヴェッジの傲慢さときたら！　世界的に有名な映画監督という地位にのぼせ上がっているのだ。ジェームズ自身も有名だが、彼もあの男の威圧感には頭が上がらないように見えた。

「ケイト」シェリが低い声で、アメリカ人らしく長く伸ばすように挨拶した。「ジェームズはどこ？」

ケイトは背が高く豊満なシェリの隣に座り、その涼しげな金髪の美貌をうっとりと眺めた。ケイトはどう頑張っても激しい気性をあらわにしてしまう赤毛の女だ。ついさっきも、交友関係に干渉されることについてジェームズと言い争っていた。それどころか、議論はまだ終わっておらず、ダミアンもそれはわかっていたはずだ。ああ、腹が立つ！　ここ数日間、ジェームズは珍しく機嫌がよく、ナイジェルに対する考えを改めてもらえそうだったのに。

「家の中よ。ダミアン・サヴェッジと一緒」

「ダミアンが来たの？」シェリの青い目が輝いた。

「ええ、来たわ。目の前のものをすべてなぎ倒して」

シェリはかすれた声で笑った。「ダミアンらしいわ。あの人は愚かな人間には容赦しないから」

「私は愚かだってこと?」ケイトはむっとした。

「あら、ダミアンはもうあなたを怒らせたの?」

「日常的に人を怒らせているような言い方ね」ケイトは興味深げにシェリを見た。ダミアン・サヴェッジの派手な女性関係と、監督としての有望さは新聞記事で見かけるが、そのほかの面は何も知らなかった。

「あの人は……愛想がないから」シェリは言った。

「会ったことがあるの?」ケイトは思わずたずねた。

「ええ。ジェームズがロンドンで開いたパーティで二度ほど。すごく見た目がよくて、威厳のある人よ」

「私ならほかの言葉で形容するけど。私、あの人が大嫌い。ジェームズにも驚いたわ。あの人が勝手に入ってきて偉そうにふるまうのを許してたのよ」

「ダミアンってそういう人なの。それに、あの人の映画に出演すれば成功は保証されるし、ジェームズは成功に目がない。ダミアンは絶対に失敗しないの。監督だけじゃなく脚本の腕も優れているからだと思うわ。ダミアンの凄《すご》さは誰もが認めるところよ」

「ええ、私もあの人の才能は認める。でも、だからって、あんなにいばり散らさなくても――」

「ジェームズ！」シェリは立ち上がってジェームズを出迎え、唇をすぼめて彼のキスを受けた。自分の体に彼の腕を回す。「あなたは遅れるってケイトに聞いてたところ。ダミアン、また会えて嬉《うれ》しいわ」

「シェリ」ダミアンはそっけなく言った。刺すような緑の目は、今は濃いサングラスの奥に隠れている。

「今日来るって知らなかった」シェリは言った。

サングラスの奥に光るダミアンの目はさぞ冷ややかだろう。「少なくともジェームズは、僕の計画を自分の客全員に伝えようとは思わなかったんだな」

ケイトはダミアンが自分にあてつけを言っているのだと気づき、うなじの毛が逆立つのを感じた。私がいる場でジェームズが話をすることの何が悪いの？　ケイトが兄のもとに来てまだ四年だが、その間に、一緒に育った兄妹《きょうだい》のように親しくなっていた。

ジェームズはケイトより二十歳上で、有名な映画スターでありながら、いつもケイトのために時間を作ってくれる。父親の死の間際に、十四歳の異母妹がいると知って以来、とてもよくしてくれた。母親の死後、養護施設にいたケイトは、自分の兄がジェームズ・セントジャストで、彼が自分を捜していると知り、夢の世界に誘われた気分になった。

ケイトはジェームズに感謝していたため、十六歳で学校を辞めてからは、兄の友人に、相談相手になれるよう努力した。その試みは成功したが、今もジェームズに何かを禁じられることもあれば、父親以上に厳しくされることもあり、そういうときは兄が後見人の務めをここまで重視していなければと思う。

シェリが泳ぎに行こうと提案したのを機に、ケイトも会話に加わった。「ケイト、お前はだめだ」ジェームズは厳しく言った。「昼食を食べたばかりだろう」

「ええ、でも――」

「僕も遠慮しておくよ」あの腹立たしい声がゆったりと言った。「僕も食事をしたばかりだから」

「おっと！」一瞬、ジェームズは優柔不断な表情になった。「じゃあ、話の続きはあとにしよう。スタッフに飲み物を頼んで、しばらくゆっくりしてくれ」

ジェームズとシェリはプールの縁に駆け寄って、澄んだ青い水の中に飛び込み、ケイトは心底嫌っている男性と二人きりにされた。本人のためにならないほど強い磁力と傲慢さを持った男性。ケイトはその場から離れようとした。「私は失礼――」

血流が止まるほど強く手首をつかまれ、ケイトは動けなくなった。手首をつかむ手に目をやると、その美しい手には力強さと繊細さが共存していて、想像したような粗野な感じはなかった。

ケイトの驚いた目を見て、ダミアンは嘲るように笑った。「僕を一人にはしないよね、ミス・ダーウッド……ケイト？　ジェームズもそれは不本意だろう」

確かに。腹の立つ男！　ケイトは寝椅子に座り、ダミアンが隣に座るのをサングラス越しに眺めた。

「ミスター・サヴェッジ、今も映画を撮っているの？」この二年間で学んだのは、兄の友人たちは自分の話をするのが大好きだということだった。

「ダミアンと呼んでくれ」ダミアンは穏やかに言った。「ああ、今も撮影中だ。君はこの生活を楽しんでいるのか？」ケイトはこれから十五分間はダミアンの退屈な自画自賛を聞くふりをするつもりでいたため、唐突な質問に驚いた。「プールサイドでくつろいだり、数えきれないほどのパーティに顔を出したり」

ケイトは肩をすくめた。「どうってことないわ」

「どうってことない！」ダミアンはうんざりしたようにふんと鼻を鳴らした。「それは人生の無駄づかいだ！　ジェームズとその金持ちの友達の高級グルーピーみたいにぶらぶらするより、仕事を見つけたらどうだ？　ここに座って人生が向こうからやってくるのを待つんじゃなく、外に出て正面から人生にぶつかるんだ」

〝グルーピー〟という言葉にケイトは凍りつき、続いて怒りがわいてきた。ぎこちなく立ち上がる。「あなたは自分が何を言っているのかわかっていないようだから、侮辱は全部聞き流すわ」

「聞き流すな、よく聞いてメモを取ってくれ。君は骨格も肌色もよくて、かなりの美人と言っていい。スクリーンテストを受けたことはあるか?」

「いいえ、ジェームズがいやがるから」

ダミアンは意地悪な笑みを浮かべた。「想像がつくね。それはたぶん、君が正しい指導を受ければ、自分より大物スターになるかもしれないからだ」

「ご自分こそが、私にその指導ができる人間だとお考えなのね」ケイトは皮肉を込めて言った。

「そのとおり」ダミアンは低い声で答えた。

「やっぱり。あなたも狼《おおかみ》の一人なんだわ」この二年間、ケイトは大勢の狼に出会ってきた。

驚いたことに、ダミアンはほほ笑んだ。「少なくとも、僕は羊の皮はかぶっていない。君がジェームズより大物スターになると言ったのは本気だ。月曜にスタジオに来てくれたら、スクリーンテストをする」

「契約は事務所のソファの上で結ぶというわけ?」

「まさか」ダミアンは笑った。「今時のやり方はもっと洗練されているんだ。君を一晩、自宅に連れて帰る」ケイトをからかうように言う。「演技はできるか? できなくてもいいが、できたら儲《もう》け物だ。いや、できるはずだ」じれったそうに、自分で質問に答えた。

「ここでいつも演技してるんだから」

「してないわ！　私はあなたが嫌いだし、好きなふりをするつもりもない」

「僕を好きになれとは言っていない、月曜に来てくれればいいんだ。ジェームズが君を愛していると公言しているのに、君が僕を好きなふりをする必要があるか？　彼の財力があれば、君は一生、あるいは別の金持ちが現れるまで、贅沢《ぜいたく》に暮らせる。いちおう言っておくと、僕はジェームズより金持ちだ」

「だから？」ケイトは高飛車にたずねた。

ダミアンは肩をすくめた。「僕の銀行残高を探り出す手間を省いてやろうと思っただけだ」

「私はあなたにも、あなたの銀行残高にも興味はないわ」ケイトはむっとした。ひどいうぬぼれ屋！

ダミアンはプールの中でふざけるシェリとジェームズを眺めた。「君はジェームズをほかの女性と共有することに慣れているんだな。ジェームズが一人の女性で満足できるとは思えないし」ダミアンは濃い色のサングラス越しにこちらを見ていて、ケイトは彼の目の表情が見たいと思った。「ジェームズは君とは長い間、少なくとも二年は続いている。それでも、ちょっとした浮気はやめられないのか。君はいくつだ？」またも唐突に質問され、ケイトは驚いた。

「十八歳」ケイトは簡潔に答えた。「もうすぐ十九」

　ダミアンの黒い頭がうなずき、その髪は伸びていて、流行の風に吹かれたような形に流されていた。「予想どおりだ。じゃあ、十六のときからジェームズと暮らしているのか」それは断定で、質問ではなかった。「親は何も言わないのか？　放任主義か？」

「両親とも亡くなってるの」母は婚外子を産んだ罪悪感を抱いて生きることになり、継父はケイトと母がまともな暮らしができているのは自分のおかげだとたえず二人に思い出させた。もしケイトが母の状況に置かれていたら、アーサーの昼夜にわたる虐待に耐えるより、未婚でいることを選んだだろう。

　母と継父はケイトが十四歳のときに交通事故で亡くなり、ケイトの面倒を見られる親戚はいなかった。ケイトは自分にほかに家族がいることを知らなかった。実父は母が遺《のこ》した書類でケイトの存在を知らされた。娘の存在を知った父は心臓発作を起こし、その二カ月後に再び発作に見舞われ、帰らぬ人となった。だが父の遺言書には、一人息子のジェームズをケイトの後見人とする旨が記されていた。

「それはむしろよかった」憎らしい男がケイトの思考を中断させた。「君が今そんなふうになっているのを、ご両親は見たくないだろうからね」

「私はどうもなっていないわ」ケイトはかっかしながら言った。「恥じるようなことは何もしていない」

「何も？」ダミアンは黒い眉を片方上げた。「つまり、それがジェームズをつなぎ留めておく方法なんだな。言っておくが、僕には同じルールは通用しない」

「でしょうね。あなたは紳士には見えないもの」

ケイトの言葉が面白かったらしく、ダミアンの唇が歪《ゆが》み、白い歯までのぞいたのを、ケイトは魅入られたように見つめた。「ああ。僕は確かに紳士ではない。だから今夜のパーティに、簡単に君を誘える」

「あなたはここに泊まるとジェームズは思ってるわ」

「じゃあ、がっかりさせてしまうな。僕はイギリスに三日いたあと、すぐハリウッドに戻らなきゃいけない。その間に、用事も人との約束も山積みなんだ」

「私はそこには含まれないけど」ケイトはこの状況から逃れられることを願い、きっぱりと言った。

「君は思いがけない贈り物だ。僕はその恩恵にあずかる」

「でも、私にその気はない」ケイトは力説した。

「それは何とかする。一時間後にはここを出るから、君も行く準備をしてくれ。パーティ用の服を持ってくれれば、僕の家で着替えられる」

「無理よ、あなたと一緒には出かけられないし、家に行くなんてもってのほか」よくもこんな提案を！

ダミアンは立ち上がった。「それはどうかな。まずはジェームズと話をするよ。彼は僕の映画の役が欲しくてたまらない。今夜のパーティを開くのはマット・ストレンジで、彼も同じ役を希望している」

「それ……脅迫よ！」ケイトはダミアンをにらんだ。

「僕は君をパーティに誘っただけだ。一時間後に玄関にいてくれ」ダミアンはケイトを残してプールの反対側の一団に近づき、たちまち注目の的となった。

ジェームズが濡《ぬ》れた手をケイトの肩に置いた。「考え事？ お前もあの謎めいた監督の虜《とりこ》になったか？」

「まさか。最低の男よ！ 私に今夜パーティについてこいと命令したの。私に選ぶ余地も与えずに」

「今夜？ うちに泊まるんじゃないのか？」

「私をパーティに誘ったんだから違うんでしょう」

「そうか」ジェームズはため息をついた。「とにかく落ち着いてくれ。あいつはどうしようもない野郎だ。僕としては、少々酔っ払わせて、いい女を二、三人紹介したら、次回作の主役がもらえると思っていた」

ケイトはジェームズをまじまじと見た。「あの役はあなたで決まりだと思ってたんだけど?」

体を拭き終えたジェームズは青いニットを着た。「マット・ストレンジもあの役を狙っている。でも、僕はこの役が欲しい、どうしても欲しいんだ」

「脚本は悪くない、とあなたは言ってたわよね。運命の役だと思っているふうには聞こえなかったけど」

「あれは演技だ。あの役はすばらしい。僕ならうまくやれるという自信がある。それに、僕にはこの役が必要だ。ダミアンは絶対に失敗しないから」

「それはわかってる」ケイトはそっけなく言った。

ジェームズはほほ笑んだ。「女性はダミアンにはボウリングのピンみたいに倒されるから、お前は少数派だな。それで、どこに連れていかれるって?」

ケイトは目を丸くした。「どこにも連れていかれないわ。私、行かないって言ったもの」

ジェームズは唇を噛《か》んだ。「それは残念だ」

「ジェームズ、冗談よね。私、マット・ストレンジのパーティには行きたくない。ダミアンと同じくらい、マットも嫌いなの」ケイトは不安げに兄を見た。

「僕は今キャリアの最盛期にいて、あとはダミアンの映画に主演するしかない。ダミアンの映画は予算が使い放題で、彼のやりたいようにできる。しかも、何をしても大ヒットだ。ダミアンの新しい試みはほかの映画会社もまねをする。僕も年を取る一方だし、こんな役を演じられる機会はそうないんだ」

「三十八は年を取ってるとは言えないわ」

「それでも、主役としては年を取っている。若いライバルはいくらでも現れるし、マット・ストレンジはまだ二十七だ。僕はじきに、味のある脇役を振られるようになる。もちろん、それでも構わない、仕事がある限りは。でも、それは主演とは違うんだ」

ジェームズの目の懇願の色は見過ごせなかった。ジェームズはつねに金に恵まれ、テレビや映画のスターに囲まれているため、ケイトは兄のキャリアをそんな視点で見たことはなかった。だが、金が尽きないのはセントジャスト家の財産があるからだし、〝友達〟は兄の名声が衰えれば離れていくだろう。

「まずは自宅に来るよう言ったのよ」ケイトはこの状況から抜け出せるチャンスが減りつつあるのに気づき、必死に言った。兄のことは愛しているし、大嫌いなダミアンとパーティに行くことが兄の助けになるのなら、自分の感情は顧みず行くしかなかった。

「それは避けられる。お前はロンドンの自分の家に寄って、あとでダミアンと会えばいい」ジェームズは言った。

「でも私、あの人が嫌いなの！」ジェームズが本気で自分をダミアンとデートさせようとしているのがわかり、ケイトの懇願は上の空になっていった。兄のキャリア推進のために自分が身売りするようなこの感覚が、薄れてくれればいいのにと思う。

ジェームズはにっこりした。「一緒にパーティに行くだけだから、ダミアンを好きになる必要はないよ」

「あなたがこういうデートをした場合、夜の終わりはどうするの？」ジェームズが顔を赤らめるのを、ケイトは知ったふうに眺めた。「そういうことよ」

「ダミアンも初めてのデートでそこまでは求めないはずだ。いや、いつになろうと僕が許さない！」

ジェームズの毅然《きぜん》とした表情を、ケイトは笑った。「百キロ以上も離れていては阻止できないわ」顔から笑みを消し去る。「いちおう言っておくと、私はあなたを愛しているし、力になりたいと思っているけど、そのためにダミアンと寝るつもりはないから」

「君はまだ誘われてはいない」背後からそっけない声が聞こえた。「最後まで誘われないかもしれない」

ケイトは顔を赤らめてダミアンのほうを振り返り、いつから会話を聞かれ、どう解釈されたのだろうと思った。「このパターンがお決まりになってきたわね」

「そうだな」ダミアンはどうでもよさそうに言った。「君たちは愛していると宣言し合っていたから、相談したいこともあるだろう。出発は十五分後だ」

ケイトは訴えかけるようにジェームズを見た。「私……行くとは言ってない」

堂々とした体格の隅々にまで傲慢さを漂わせ、ダミアンもジェームズを見た。「僕が君の……ミス・ダーウッドを今夜パーティに同伴することに異議は？」

ジェームズは妹の視線を避けた。「本人が望むなら」

「私――」

「本人は望んでいる」ダミアンは冷たくさえぎった。「明日中には送り届ける。例の役についても話そう」

これぞ遠回しの脅迫で、ケイトは自室に服を取りに行くしかなかった。寝室に戻り、騒々しく動き回って、ベッドに広げたスーツケースに服を放り込む。なぜ嫌いな相手と出かけなければならないの？　そもそも、なぜダミアンは私と出かけたがるの？

ダミアンがケイトとの情事を望んでいるなら、期待外れに終わるだろう。ケイトはそういう女ではない。だが、見かけ上は堂々と、結婚を前提とせずにジェームズと暮らしている。だから、ダミアンとはその種の関係を結ぶつもりはないことを、彼は知りようがない。だが、話せばわかってくれるはずだ。

数分後にケイトが出てきたとき、ジェームズとダミアンはまだプールサイドにいた。ケイトはジェームズに近づき、親しげに身を寄せた。ダミアンの口元が不服そうにこわばるのを見ると、さらに温かな笑みを兄に向けた。ダミアンが知らないことは知らなくても支障はないし、自分とジェームズの血縁を彼に教えるつもりはなかった。

「準備は？」ダミアンは短くたずねた。

ケイトは冷ややかな目でダミアンを見た。「スーツケースが廊下にあるわ」今はぴったりした茶色のパンツにそろいのシャツを着て、髪は頭頂にまとめたままだ。母はいつも、ケイトの燃えるような赤毛を短く切るのをいやがったため、ケイトはときにじゃまに感じながらも、つねに髪を長く伸ばしていた。

「じゃあ、行こう」ダミアンは上着を手に取った。

ケイトはさっと兄を見た。「ジェームズ、家のこと」

ダミアンはいらいらと二人を見た。「今度は何だ？」

ジェームズは落ち着かない様子になった。「ケイトが着替えのためにロンドンの自宅に寄ってほしいと」

「着替えは僕の家ですればいいと言ってある」

「でも……」ジェームズは神経質に笑った。「ケイトは自宅がいいと言ってるし、君の家からもそう遠くない。ケイトを降ろして、また拾ってほしいんだ」

ダミアンはため息をついた。「本人がそう望むなら」

ケイトの望みは外出しないことだったが、その道はダミアンによって断たれつつあった。

「そう望むわ」

「わかった」ダミアンはジェームズとしっかり握手した。「もてなしてくれてありがとう。また明日」

「ああ。今夜は楽しんでくれ」ジェームズは不安げにケイトの顔を見て、自分への態度が和らいだ兆しを読み取ろうとしたが、無駄だった。「ケイト?」

ケイトは背伸びしてジェームズの頬にキスした。「じゃあ」その声にも兄に対する温かみはなかった。

「さあ」ダミアンは言った。「時間は無駄にできない」

「それはさっき聞いたわ」ケイトは辛辣に答えた。

ダミアンは顔をしかめたあと、家の中を抜け、前庭に停《と》めた車に向かった。ケイトはジェームズを見て肩をすくめてから、ダミアンについていった。車は本人同様に立派な黒のロータス・エランだった。ケイトにその車の型式がわかったのは、昨年ジェームズが同じのを買うことを検討していたからだった。

ダミアンはケイトの小さなスーツケースを車の後部にしまったあと、ケイトの隣に乗り込み、低いシートにもたれた。「永遠に出発できないかと思った!」

ケイトは狭い車内で二人の距離の近さを意識するあまり、普段ほど鋭い声が出せなかった。「そう思うなら、そもそもなぜここに来たの?」

「ジェームズに会う用事があったからだ。もし来てなかったら、君にも会えなかっただろうし」

「それはさぞかしショックでしょうね」ダミアンはスピードは出しても車の制御は完璧で、

無駄な動きは少しもなく、ケイトはその運転技術に感心した。

ダミアンはにっこりし、驚いたことに彼がほほ笑むと近寄りがたさは消え、年齢もずっと若く見えた。だが、そもそもダミアンはさほど年は取っていないはずで、せいぜい三十台半ばだった。「ショックというほどじゃないな、がっかりはしただろうけど。もちろん、君のことは前にも見たことがある」

ケイトの茶色い目が丸くなった。「そうなの？」

「ああ」ダミアンは考え込む表情になったが、日焼けしたたくましい両手は、集中せずとも車を操ることができた。「日頃からニュースでジェームズと一緒に飛行機を乗り降りしているのを見ていた。まだ会ったことがなかったのは驚きだ」

ケイトは何を見るともなく窓の外を眺めた。「私なら驚きという言葉は使わないけど」

「君の価値観だと、幸運と言ったほうがよさそうだな」ダミアンは横目でケイトを見た。

「自分のガールフレンドを僕が連れ出すのを許すくらいだから、ジェームズはこの役がそうとう欲しいんだな」

「ガールフレンドはやめて！」ケイトは言った。

「まさに〝ガール〟じゃないか。十八なんだから」

「もうすぐ十九よ」ケイトは憤慨した。

「もうすぐって、いつ十九になるんだ？」

「ええと……八カ月以内には！」

「君は十八だ。それでいて、すでにジェームズ・セントジャストのような男に愛されている。僕も興味を惹《ひ》かれている。これが慰めになるかわからないが」

「ならないわ」ケイトはきっぱりと言った。

「ジェームズのような男は君を利用するだけだ。同年代の人間、自分の利益のためじゃなく君を求める人間とつき合ったほうが、君は幸せになれるよ」

ケイトはダミアンをにらんだ。「あなたが私を無理やり連れ出したのは、それが理由？」

「無理やりではない。無理やりなのはジェームズのほうだ。僕は君に一緒に来てほしいと頼んだだけだ」

「頼んだ？」ケイトはあざわらった。「脅迫したんでしょう」

ダミアンの目が細くなった。「どういうことかな？」

「それは……あなたは私を脅したじゃない」

「違う」ダミアンは穏やかに否定した。

「じゃあ、ジェームズを脅したのよ！　私があなたとパーティに行かなければ、ジェームズが欲しがっている役をマットに渡すと、遠回しに言ったわ」

「もし僕がマットにあの役を演じさせたいなら、ジェームズがどんな餌をまこうとも、すでにマットに依頼している。いくら君が稀《まれ》に見る美人であっても」

「マットにあの役をあげるつもりはないってこと？」

ダミアンはうなずいた。「ああ、あの役はジェームズこそぴったりだと、本人も僕もわかっている」

「じゃあ、どうして――」

「どうして迷っているように見えたのか？」ダミアンが代わりに先を続けた。「自分の映画の出演者には過剰な自信を持たせたくないと僕は考えているし、役者に健全な競争をさせても害にはならないからだ」

「ジェームズにあの役をあげることはもう決めてるってこと？」ケイトの中に怒りがわき上がってきた。

ダミアンはうなずいた。「そのとおりだ」

「じゃあ、実は私はここにいなくていいの？」今やケイトは自分の激しい気性に支配されつつあった。

ダミアンの目に浮かんだ色は、親密としか形容のしようがなかった。「僕はそうは言わない」

「でも、私はそう言う！　あなたって図々《ずうずう》しい人ね。人形使いみたい。糸を引けば、誰もが自分の思いどおりに動くの。私はあなたが大嫌いよ！」

「わかってる」ダミアンは冷静に認めた。「僕が君に惹かれる理由の半分がそれだと思う」

「私に惹かれてほしくなんかない。私……」ケイトは突然、車が停まっていることに気づいた。呆然《ぼうぜん》とあたりを見回す。住宅街だが、ケイトとジェームズの自宅がある界隈《かいわい》ではない。「ここはどこ？」

ダミアンはすでに車を降りるところだった。「僕の自宅だ」助手席側に回り込んできて、ドアを開ける。

「ジェームズの家で降ろすって言ったでしょう！」

「言ったよ。でも、僕が本当にそうすると思ったのか？　行くぞ。着替えはのぞかないと約束するから」

# 2

ケイトは憤然とダミアンをにらみつけた。「着替えをのぞかれる心配はしていないわ。あなたの自宅には行かないから。私はそこまでうぶじゃないの！」

ダミアンは高慢にケイトを見下ろした。「僕も君に飛びかかるつもりはない。もっとスマートにやれる」

「想像できるわ」ケイトはそっけなく返した。

「だろうね、君のような少女は想像力がたくましいものだ。ケイト、怖がりすぎだ！」ダミアンはぴしゃりと言った。「僕と一緒に来て、シャワーを浴びて着替え、パーティに行くことに、何の害がある？」

そう表現されると無害に思えたが、こんな有名人相手に、どうすればそれが確信できる？「ええと……どうかしら」ケイトは不安げにダミアンを見た。

ダミアンはもうケイトではなく、建物から出てきた男性を見ていた。「やあ、バリー」その男性に声をかけ、車のキーを渡す。「八時半にまた乗りたい」

「かしこまりました」若い男性はほほ笑んだ。

ダミアンはケイトに眉を上げてみせた。「行くぞ?」

ケイトはしぶしぶダミアンについていったが、エレベーターが上がっていく間、無言で憤慨していた。

エレベーターの扉が開くと、そこは最上階の豪華な住居だった。ダミアンは先に立ってラウンジに入り、ステレオの電源を入れて、ケイトを振り返った。

部屋に流れたのは心落ち着くメロディアスな音楽だった。部屋も流行ではなく快適さを目指して装飾されていて、ケイトはたちまち気に入った。模造暖炉の前には焦げ茶の革張りの三点セットが置かれ、毛足の長いクリーム色の絨毯《じゅうたん》が部屋に温かみとくつろぎの雰囲気を与え、アンティークのマホガニーの鏡台とステレオ一式が装飾の仕上げをしている。

ダミアンはケイトの表情豊かな顔に躍る感情を見守っていた。「我が家を気に入ってもらえたかな?」

「とても……すてきね」ケイトはぎこちなく答えた。

「想像とは違っていた」ダミアンは鋭く言いあてた。

「まったく違っていたわ」

「個人的に、ジェームズの周辺の人間が好む超現代的な内装は悪趣味だし、少しもくつろげないと思ってる」

「わかるわ」

「君も同じ意見か？」ダミアンは驚いた顔をした。

「ええ。想像とは違ってた？」

「ああ。でも、僕を驚かせてくれる女性は好きだ」

その言葉のほのかな親密さに、ケイトは自分がここにいる理由を思い出した。「あなたの女性の好みには興味がないわ。あなたに関する何にも」

「それを変えられるよう全力で頑張るよ」ダミアンは低い声で約束し、緑の目は愛撫《あいぶ》するようだった。

ケイトはあざわらった。「どっちでもいいけど。親しくなっても、あなたを好きになれるとは思えないし」

「どうかな。ときには僕もかわいいと言われるよ」

「それがどんなときかは、聞かないでおくわ」

非難がましいケイトの表情に、ダミアンは笑った。「それがいい。君の部屋に案内してもいいか？」

「私の部屋！　私が着替える部屋なら案内してちょうだい。でも、それは私の部屋なんかじゃないわ」

「君と口論するつもりはない……今は。さあ、部屋に案内するよ。この家の掃除と冷蔵庫の食材補充は人に任せているけど、それ以外はすべて自分でやっている」ダミアンは愛想よく続けながら、短い廊下を通って左手の寝室にケイトを案内した。「常勤のスタッフを雇うほど、一箇所に長くいないからね」

確かに、報道を見る限り、ダミアンはつねにあちこち移動しているようだった。巨大な四柱式ベッドとクイーン・アン様式の家具が置かれたその寝室を、ケイトは気に入った。驚くほど趣味のいい男性だ。

「すてきな部屋」ケイトはうっとりと言った。

「やっぱり泊まる気になったか?」

「いいえ! まさか」

ダミアンは肩をすくめた。「君が荷物を整理する間、僕は何か食べるものを作ってくるよ」

世慣れた、洗練されたダミアン・サヴェッジがそんなことをする姿が想像つかず、ケイトは大きな声を出した。「お腹はすいてない」嘘《うそ》だった。

「冗談だろう。僕のオムレツはうまいぞ、絶妙に軽くてふわふわなんだ。しかも、五分で作れる」

ケイトの腹が鳴った。「なぜ食事をさせたがるの?」

ダミアンはため息をついた。「僕も腹が減ってるんだ。最後に食事をしたのはずいぶん前だから」

「そう」ケイトは夜用のドレスを取り出そうと後ろを向いた。「それなら私も食べる。オムレツ好きだし」

「サラダもつける？」

「サラダもつける」

ダミアンが部屋を出ていったのが感じられた。ジェームズの普通ではないが興味深い生活に突然引き入れられてからも、今日ほど奇妙な一日はなかった。数時間前まで、ダミアン・サヴェッジに会ったこともなかったのに。数年前はダミアンに少女らしい夢を見ていたが、今は実際にその人の寝室にいる。幼い白昼夢にここまでの展開はなかった。

ケイトはクローゼットのハンガーに黒い絹のドレスをかけた。一時間ほどかけておけば、スーツケースの中で寄ったしわはすっかり取れるだろう。

数分後、ケイトがキッチンに入ったときには夕食が準備されていた。黙って朝食用カウンターに座る。ダミアンも隣に座り、二人は無言で食事をした。

ダミアンはコーヒーを飲み干し、立ち上がった。「シャワーを浴びてくる。片づけは君に任せるよ」

「ええっ？」ケイトは引っつめ髪から落ちた一筋の髪を押しやりながら、驚いてダミアンを見た。

「僕は一晩中君に仕えるつもりはないんだ」ダミアンはドアの前で立ち止まった。「あと、髪は下ろせ」

「いやよ！」ケイトはぴったりしたパンツとブラウスという細身の姿で、挑むようにダミアンと対峙《たいじ》した。「私はめったに髪を下ろさないの」

「僕のためなら下ろしてくれるはずだ。僕はロングヘアの女性が大好きでね。長さはどのくらいある？」

「ウエスト近くまで」ケイトはむっつりと言った。「私をあなたの女たちと一緒にしないで！」

「今は女はいない。そばにいるといっそう気をそそられる女の子が一人いるだけだ。僕は自分に刃向かってくる女が好きでね」

その言葉にケイトは驚いた。

「あなたがおとなしい女に興味がないと知っていたら、そうふるまったのに。早く言ってほしかったわ！」

「もう手遅れだ」ダミアンはかすれた声で笑った。

キッチンに残されたケイトは、皿を洗って片づけるしかなかった。それが終わったころ、ダミアンが黒の絹のローブ一枚という姿で、膝上丈の裾から日焼けしたたくましい脚を、Vネックから浅黒い肌に濃く生えた毛をのぞかせて現れた。ひげは剃《そ》っていて、髪にはシャワーの水滴が残っている。

ダミアンはライターの炎越しにケイトを見つめ、口にくわえた両切り葉巻に火をつけた。

「君の番だ」

裸同然の姿なのに、恥ずかしがる様子がないダミアンに当惑しながら、ケイトは葉巻の香りを楽しんだ。「ここに来る前に服を着ようと思わなかったの?」

ダミアンは広い肩をすくめた。「自分の家なのに?」

「そうだけど……私がいるでしょう」

「だから? 僕は今日の昼間のジェームズより服を着ているけど、君は彼には驚いていないようだった」

「それは話が別よ。今、私たちは二人きりなのに、あなたは……服を着てないのよ」

ダミアンは薄く笑った。「おいおい、僕は服を着ているし、君は時間を無駄にしている。もう七時半だ」

「行ってくるわ。お願いだから、服を着て!」

「服は着るよ、自分が着たいときに」

ケイトはドアの前まで行ったが、ダミアンに阻まれた。濃い胸毛から視線が離せず、彼の目のからかいの色を恐れ、顔を上げられなくなる。「通して」その声はかすれ、ケイトは自分の臆病さを呪った。だが、ダミアンはあまりに威圧的で、男性的だった。

ダミアンはわずかに横にずれたが、ケイトが彼に触れずに通ることはできず、それはしたくなかった。「どうぞ」ダミアンは挑発の笑みを浮かべて促した。

ケイトは決然と唇を結び、ダミアンの脇を通り過ぎたが、体は硬い筋肉に完全に触れた。とっさに身を引いてしまい、自分の弱さがいやになる。与えられた部屋に急いで行き、背後でドアを固く閉めた。

調子がおかしくなる！　ダミアンのように傲慢で、底知れない吸引力のある男性にはほかにも出会ったことがあるが、ここまで神経をかき乱す人はいなかった。ケイトにとってダミアンは腹立たしい人物だが、ときには無意識に気を引かれてしまう、生き生きとした魅力的な男性だと感じることもあった。

実際、ダミアンは魅力的で、大半の俳優よりハンサムだ。映画スターにもなれただろうし、実際に一時は俳優をしていたが、やがて監督業に興味が移った。そして、監督として大成功を収めたのだ。

だが、ケイトはダミアンが怖かった。彼が日頃から楽しんでいる大人のゲームにはついていけなかった。ダミアンがケイトに興味を持っているのは明らかだったが、ジェームズという保護者の下では、同じ男性と二、三回以上デートすることも許されず、気まぐれな情事にふけるなどもってのほかだ。だが、ダミアンのような男性がケイトとプラトニックな友情を築くつもりだとは思えなかった。

ダミアンに何かされたらどうすればいい？　身を任せるつもりはないが、押しきるのも難しそうだ。

熱いシャワーを浴び、一からメイクをして、体に張りつく黒のドレスを着ると、気分は回復した。肩紐《かたひも》のないドレスで、上を向いた張りのある胸の上から始まり、細いウエストと小ぶりのヒップをなめらかに包んでいる。似合っていて、着心地もいい。

ケイトがラウンジに入ると、ダミアンは黒のズボンに青のベルベットのタキシード、首元を無造作に開けた真っ白なシャツという、ハンサムで洗練された姿をしていた。彼の視線はケイトの体を這《は》い上がり、胸元で一瞬止まってぶしつけに眺めたあと、顔まで上がった。「髪型」ダミアンは目を細めて言った。「さっきの指示を聞いてなかったのか」

「聞いてたわよ。従いたくなかっただけ」

「今すぐ従え」ダミアンは命じた。

「いや」ケイトは頭を振った。

「自分でやらないなら、僕がやる」ダミアンは脅すように一歩近づいた。「自分でやるほど優しくないぞ」

ケイトは引っつめ髪にそわそわと手をあてた。「下ろすとめちゃくちゃになるの」ダミアンの目の決然とした輝きにぞっとし、不安げに言う。

「僕は本気だ、ケイト」

「でも……でも、遅れるわ！　もう八時半よ」

「僕は待てるし、パーティだって逃げやしない」ダミアンの表情から、引き下がる気がないのがわかった。

ケイトは怒ってハンドバッグを椅子に放り出し、髪を留めているピンを抜き始めた。

「わかったわよ！　でも、そのうち溺れている人みたいに見えても知らないわよ。この髪はまとめていないと勝手に動き出すんだから」緩くウェーブがかった長い赤毛を指で梳《す》き、揺らめく炎のように背中に下ろした。

ダミアンの視線はケイトから離れなかった。「きれいだ！　やっぱり君はカメラ映えすると確信したよ」

ケイトが長い髪を勢いよく梳《と》かすと、髪は息づいてぱちぱちと爆《は》ぜた。「スクリーンテストは受けない」

「なぜだ？　僕の自宅に連れ込まれたくないから？」

「いいえ。スターダムというものに興味がないだけ」

ダミアンは驚いて眉を上げた。「そうなのか？」

ケイトはうなずいた。今や髪は絹のカーテンのように背中にかかり、そこに躍る赤と金の光をドレスの黒が際立たせていた。「ええ、まったく」

ダミアンは勝ち誇ったように笑いながら前に出た。「ケイト・ダーウッド、本気で君を気に入りそうだ。見たことがないほど美しい髪に、スターダムへの興味のなさ！　完璧だ」驚いたことに、ダミアンは急に黒髪の頭を傾け、不意打ちでケイトの唇を奪った。

一瞬、ケイトは恍惚《こうこつ》となってそのキスを受け入れ、自分も応えたが、やがて理性が戻ってきた。今はこの男性の自宅に彼と二人きりで、彼がこの状況を利用しようとすれば、自分はされるがままなのだ。

ケイトは抵抗し、ダミアンの腕から抜け出した。「やめて！　私を何だと思ってるの！」

「それはもう言った」ダミアンは面白がるようにケイトを見つめ、腕時計をちらりと見た。

「君はとても美しい、と。さあ、今すぐ出ないと大遅刻してしまう」

「私はさっきからそのつもりよ」

「僕もこれでそのつもりになった」

ケイトは背筋を伸ばして助手席に座ったが、穏やかに流れる音楽も気を静めてはくれなかった。よくもあんなふうに、当然のように私にキスできたわね？　この男性に平然と自分を連れていかせた兄の罪は大きく、帰宅したらそれを指摘しようと思った。

「僕がキスしたことを怒ってるのか？」

「あなたにそんな権利はなかった」ダミアンの強い視線を感じながらも、ケイトは前を向き続けた。

「僕にはきれいな女性に惹《ひ》かれた男の権利がある」ダミアンは高慢に言った。「それとも、君は浮気者のジェームズのためにキスは全部取っておくのか？」

「キスを取っておくなんてしないわ」

「それはよかった。彼はシェリに夢中だから」

ケイトもそれは知っていた。当初はジェームズとの新たな関係が始まったばかりで、兄に独占欲のようなものを抱いていたため、あのアメリカ人女性に妹らしい嫉妬を感じていた。だが、ジェームズが彼女への恋心を募らせても、自分への愛情は変わらないとわかってからは、シェリは憎き敵ではなく、ケイトが心から必要としていた女友達になった。

「わかってる」ケイトはこわばった声で言った。

「いやじゃないのか？」

「なぜ？　私はジェームズの飼い主じゃない。大人は自分で友達を選ぶものよ」早くマットの家に着いてほしかった。人ごみの中なら、ダミアンはこんなふうに傲慢にからかうことはできないはずだ。

「最終的に自分のもとに帰ってくればいいのか」

「できることならあなたの間違いを訂正してあげたい。でも残念ながら、それは私の役割じゃないの」

車は大通りから狭い道へと曲がり、少し進んで砂利敷きの長い私道に入った。私道の突きあたりの邸宅はまばゆい光に包まれ、暑さのせいで開け放たれた窓から、すべての部屋に人がいるのが見える。建物から聞こえる騒音は凄《すさ》まじく、広い私道に停《と》められた車の数からも客が何百人といるのがわかり、ケイトがダミアンを避けることはできそうだった。

ダミアンは車を停め、からかうように言った。「実はジェームズと結婚しているんじゃないだろうな」

「まあ、そんな感じかも」ケイトはうなずいた。

「つまり、結婚はしていないから、僕は気にしなくていいんだな。ジェームズも、君の所有権も——」

「所有権なんてないわ！」ケイトは口をはさんだ。

「ということで」ダミアンはケイトの言葉を無視して続けた。「僕は君を自分のものにしようと思う」

「ど、どういう意味？」ケイトは目を丸くした。

「とぼけるな。僕は君が欲しいと公言している。それはジェームズも知っているし、だから君は僕とここにいるんだ」ダミアンの視線は愛撫のようだった。

「欲しいものはすべて手に入ると思ってる？」ケイトの声はかすれた。ダミアンの視線に動揺していた。

「普段はね」力強い手がケイトのなめらかな頬をなで、柔らかな唇を開かせた。「君は手に入るかな？」

「無理よ」ケイトはきっぱりと答え、その返事に説得力があることを願った。彼の手で未熟な体に不慣れな衝動を呼び覚まされている状態では、言葉を発するのも難しかった。ダミアンは性的魅力を放っていて、その体温と緑の目のくすぶった表情だけで、ケイトは立っていられなくなりそうだった。

ダミアンはわずかに動いてケイトに身を寄せ、二人の心臓音が一つになって聞こえた。

「本当に?」彼の息がケイトのこめかみの毛をそよがせ、アフターシェーブローションと葉巻のにおいが鼻孔をくすぐる。

ダミアンの目に浮かぶけだるげな情欲に、ケイトは恍惚となり、思わず視線を合わせた。

「た、たぶん」

ダミアンは名残惜しそうにケイトを見たあと、体を起こし、ドアを開けて助手席側に回って、低い車体からケイトが出るのを手伝った。「それは違う」耳元で低く断言し、薄闇の中でケイトを見下ろした。

「そうなの?」ケイトは声を上ずらせた。

「ああ」ダミアンはケイトの肘を取って、邸宅の玄関を抜け、大声と、グラスを合わせる音、騒々しい音楽が充満する部屋に入った。

部屋中に人がいて、大半がジェームズのパーティで見覚えのある顔だった。笑い声としゃべり声は凄まじく、ほとんどの客が酔っ払い始めているようだった。

「ダミアン！」かすれたその声に、ケイトとダミアンは振り返った。人気テレビドラマの主役、ダイアナ・ホールが挨拶しに来た。「ダミアン、電話してくれるって言ったじゃない」短い黒の巻き毛が耳のまわりで誘うように跳ね、とがらせた唇は深紅だった。

ダミアンは黒い眉を片方上げた。「そうだったか？」

ダイアナは笑った。「わかってるくせに――」

「ダイアナ、ケイト・ダーウッドは知ってるか？」ダミアンは陰鬱に顔をしかめ、ダイアナをさえぎった。

青い目がケイトをとらえ、何かに気づいたように陰を帯びた。「今夜はジェームズも来てるの？」

意地悪なあてこすりだとケイトは感じ、ダミアンが眉をひそめたことから、彼もそう解釈したのがうかがえた。「いいえ」ケイトは穏やかに答えた。

細めた青い目がダミアンを向いた。「ダミアン、この人を誘拐中ってわけ？」なじるように言う。「ジェームズが自分の娘でもおかしくないほど若い子とつき合ってるのを、あなたは軽蔑してると思ってたわ」

緑の目が光り、ダミアンがむっとしたのがわかった。「僕はケイトの父親ほど年寄りじゃない。おじさんならわかるが、そんな目でケイトを見てはいない」

ダイアナは下唇を嚙《か》んだあと、明るくほほ笑んだが、細められた青い目は笑っていなかった。ケイトを見る。「ジェームズは独り身に戻ったの？　それとも、あなたは世界のモテ男二人を独り占めする気？」

その目のぎらつきから、ダイアナが酔っ払っているのがわかった。明日の朝、後悔することになるだろう。ケイトから見ても、ダミアンは怒らせたくない相手であり、その彼が明らかに怒っているのだ。

「独り占めはしないわ」ケイトは冷静に言った。

「失礼するよ、ダイアナ」ダミアンが突然割って入った。「まだマットに挨拶してないから」

「マットは外にいるわ。よければ、案内する――」

「自分で捜すからいい」ダミアンは辛辣に言った。

ダミアンはやはりケイトの肘を押して、同じように混雑する部屋を二つ抜け、パティオに出た。煙が充満する室内に比べ、外は涼しく、ケイトは人との押し合いから解放されて安堵《あんど》のため息をついた。

ダミアンは葉巻に火をつけた。「悪かった。ダイアナは普段はあんなに意地悪じゃないんだ」

室内ほど明るく照らされた庭の高い壁に、ケイトはもたれた。「いいの。でも、私が一緒にいることであなたのガールフレンドが不機嫌になりそうなら、あらかじめ教えておいて。次は暴力沙汰になるかも」

ダミアンはケイトの皮肉に険しい顔立ちを緩め、苦笑いした。「そんなにあからさまだったか?」

「あなたのガールフレンドだってことが?」ダミアンがうなずくのが見えた。「すぐにわかったわ。あなたの女たちはみんな彼女みたいに独占欲が強いの?」

「違うと思うよ、僕に対する君の態度を見る限り」

ケイトは顔を赤らめた。「私はあなたの女じゃない」

「今はまだ」ダミアンは低い声で言い添えた。

「あなたは若い女の子を追い回す男性を嫌っているんだと思ってた」ケイトが声ににじませた軽蔑は、ダミアンにも伝わったはずだった。

驚いたことに、ダミアンはケイトの挑発に怒らず、穏やかに笑った。「僕は三十三だから、君より十五歳上だけど、年の差は気にしていない。単に、僕には君の若さに太刀打ちできる経験があるだけのことだ」

「ベッドでの経験ね!」ケイトはぴしゃりと言った。

「そういうことだ。君は僕の年齢が気になるか?」

「どうして? さっき言ったでしょう、私は性的な意味でもどんな意味でも、あなたに興味がないの」

「それはどうかな。ところで、さっきの会話で思いついたんだが、ジェームズは君の……父親？　それが君たちの関係か？」ダミアンはケイトを見つめた。

近いが、正解ではない。「いいえ」ケイトは冷静に言った。「ジェームズは私の父親ではないわ」

「ふむ」ダミアンは考え込んだ。「そこが謎だ。君たちが一緒にいるところを見ると、君がジェームズのものになっていないことは断言できる。だろう？」

「なぜそれに答えなきゃいけないの？」

「なぜ答えてくれない？」ダミアンはケイトを見ず、細めた目で探るように庭を見回した。そのあとケイトのほうを向き、強い視線でケイトをその場に釘《くぎ》づけにした。「君が処女であることを望んでいるわけじゃない。君とジェームズの関係が気になるだけだ」

ダミアンの無神経な口調に、ケイトは唇を歪《ゆが》めた。ダミアンはその手の話題を口にすることに抵抗がないようだし、ケイトも性に寛容な世界に生きているが、ジェームズのおかげで性の色を帯びる状況からは守られていた。だが、今ここにジェームズはいない！

「あなたには関係のないことでしょう」

ダミアンの引きしまった体がすぐそばにあることに胸がざわめいた。彼もそのことを意識しているようだった。「いや、関係はあると思う」ダミアンは穏やかに返した。「ライバルの限界値を知りたいんだ」

「ライバル!」ケイトは辛辣に復唱した。「あなたほどのうぬぼれ屋が、ライバルの存在を認めるとはね」

ダミアンは眉を上げた。「うぬぼれ屋だと思う?」

「思うんじゃないわ、事実よ。本人の意志に関係なく私を連れてくるなんて、うぬぼれの極みだわ」

「でも、断れない状況を作らないと、君は来てくれなかっただろう。ジェームズへの君の愛情が僕の後押しをしてくれた」ダミアンはからかうようにケイトを見た。「自分の特権的地位とされているものを使ったのはこれが初めてだ。欲しいものを手に入れるために脅迫する習慣があるわけじゃない。君に関しては、時間がなかったからこうするしかなかった」

「どういう意味?」

「僕がイギリスにいられるのは明日と月曜の途中までで、そのあとはアメリカに戻る。だから、君と仲よくなる時間があまりないんだ」

私はあなたと仲よくなりたくはないとケイトは言いたかったが、やめておいた。辛辣な答えが返ってくるだけだ。ダミアンの冷静な自信を崩す術《すべ》はない。

「それは大事なことなの?」

「君と仲よくなること?」ダミアンの目に陰を落とした感情について深く考えたくはなか

ったが、それがあからさまな欲望であるのはわかった。「ああ、そう思うけどね。君は思わないか?」

「まったく」

「もう、ケイト」ダミアンは口元をかすかにほころばせ、頭を振った。「僕がそんなに怖いのか?」ケイトが神経質に動かした手を握って、そっと持ち上げて手のひらにキスをし、ケイトを見つめた。「怖い?」

ケイトは手を引き抜こうとしたが、ダミアンに強く握られ、むっとして言った。「ちっとも怖くない」

ダミアンが返事をする前に、金髪に青い目の無骨なタイプのハンサムな長身男性が、両腕に女性を伴って現れた。ケイトは彼が嫌いで、うっとり彼を見ている二人の女性への嫌悪を隠せなかった。だが、彼が女性に囲まれているのはいつものことだ。

「ダミアン」マット・ストレンジはダミアンと握手した。「ダイアナに君がどこかにいると聞いてね」

ダミアンはほほ笑んだ。「君はなかなかつかまらない人だから。ケイトと僕は人ごみから離れたくてね」

マットはにっこりした。ケイトが忌み嫌う、女性を一目で裸にする卑猥《ひわい》な視線を向けてくる。「麗しのケイト。ジェームズも一緒か?」

「いや」ダミアンが言った。「ケイトと僕だけだ」

「ほう」マットは驚いた。「つまり、想像するに――」

「するな」ダミアンは短く答えた。「ケイトは僕と来た、それでいいだろう」不快げな表情になる。「こういう雰囲気は、僕が君としたい話には向かない」

「パートナーの選択から、話の内容は察しがつくよ」

ダミアンは顔をしかめた。「ケイトが一緒なことは、この話には無関係だ。二人で話せる場所はあるか？」

マットは両脇にいる二人の女性を見下ろした。「席を外してくれ」二人のふくれっつらを見て笑う。「あとでまた会ったときに、約束を果たすよ。でも、お楽しみの前に仕事だ。ダミアン、書斎に行こう」

ダミアンは鮮やかな緑の目でケイトを見た。「ケイト？　数分間ここにいてもらっても問題ないか？」

ケイトはマットの嘲りの表情から急いで目をそらした。ここに一人でいたくはないが、こんな軽蔑のまなざしの前でそうは言いたくなかった。「もちろん」

ダミアンは冷ややかにうなずいた。「そうか」

数分後、ケイトは人ごみの端に立って自分の場違いぶりを実感していた。普段はジェームズと一緒でなければこの種のパーティには行かない。酒と煙草《タバコ》をやりすぎている人々と一緒にいることに、自分がこれほど緊張するとは思わなかった。完全な部外者に見えないよう、二杯ほど酒を飲んだが、今ではそれも後悔していた。アルコールが頭を直撃していた。

「ケイト！」

ケイトは目に入る煙を追い払おうと、すばやくまばたきした。「ナイジェル！」喜びに目が輝く。「会えて嬉《うれ》しい」どれほど嬉しいか、あなたにはわからないでしょうね！　ケイトはここにいることの違和感がひどく、今にも逃げ出しそうになっていた。

ナイジェルはそわそわとあたりを見回した。内気で早口なこの男性と、ケイトは数週間前に友達になり、できれば友達以上の関係を望んでいた。なのに、兄が干渉してきたのだ！「ジェームズも来てる？」

ケイトは急に肩の力が抜け、自然な笑い声をあげた。「みんな私たちを二人で一つだと思ってるのね。今夜その質問をしてきたのは三人目よ」

「実際、君はいつもジェームズと一緒だろう」ナイジェルは短く笑った。「で、ここには誰と来たんだい？」

ケイトが答えようとしたとき、ウエストに腕が巻きつき、筋肉質で男性的な別の誰かに引き寄せられた。「僕とだ」ダミアンが代わりに答えた。

すぐにナイジェルが相手の正体に気づき、おもねるようにほほ笑むのを見て、ケイトはいらだった。こんな男性に恋をしている気になっていたとは……。ケイトが別の男に我が物顔でウエストに腕を回されても、気にもしないような男性に！

「ミスター・サヴェッジ」ナイジェルは感極まったように言った。「お会いできて光栄です」

「こちらこそ」ダミアンはアメリカ人特有のアクセントを前面に出して言った。「そろそろ行こうか、ハニー？」

ケイトはダミアンが自分たちの親密さを仄《ほの》めかしたことに、ナイジェルがどんな反応をするかと思って彼の顔を見た……が、反応はなかった。この男性にケイトが抱いていた恋心は、一方通行だったようだ。「ええ」ナイジェルへの怒りのせいで、ダミアンに親しみがわき、ケイトは素直に答えた。

「お帰りですか？」ナイジェルは落胆していた。「ミスター・サヴェッジ、ずっとお会いしたくて――」

「ダミアン、行きましょう」ケイトは頑として言った。

「ああ。じゃあ」ダミアンはナイジェルに冷ややかな笑みを向け、ケイトの手を取って家の外に出た。車に乗り込み、ケイトのほうを向く。「あれは誰だ？」

「ナイジェル・ハンフリーズ」ケイトは短く答えた。

「友達か？」

「だと思ってたんだけど」

「今は違うのか?」

「たぶん」感じるべき嫉妬を感じてくれないのなら。「役者よ」そう言ったあと、ナイジエルがいかに優れた役者であるかに気づいた。彼はケイトに興味があるのだと思い込ませていたが、実際には、彼にとってケイトはジェームズに近づく手段にすぎなかったのだ。

「端役で二度ほど見たことがある。ケイト、君があいつと話すのは気に入らない。実に気に入らないよ」

ケイトはパニックに襲われていたせいで返事ができなかった。ダミアンはまたもジェームズの家を通り過ぎていた。自宅に連れていくつもりなのだ!

# 3

だが、それは当然だ。ダミアンの家にはケイトのスーツケースが置かれているのだ。ケイトはほっとし、自分の愚かさを呪った。混乱寸前のこの状態を抜け出し、笑みを浮かべて、自然にふるまわなければならない。本人が言っていたとおり、ダミアンも突然飛びかかってはこないはずだ。

だが、ダミアンの部屋に入ると、自信がなくなってきた。ダミアンはすぐにまた出ようとはせず、ケイトに飲み物を勧め、断られると、自分用にウイスキーを注《つ》いだ。ケイトはパーティでダミアンが席を外していた十分間に、マティーニ二杯とレモネードを飲んでいたが、それは兄が隣にいないことに緊張し、ペースが速くなったせいだった。急いで酒を飲んだ結果、少し陽気になってもいる。あと一杯で、陽気と泥酔の境界線を越えてしまいそうだ。ケイトはアルコールに弱く、すでにダミアンが悪魔には見えなくなっていた。ハンサムで、何よりも刺激的だった。

「マットは役がもらえなくて怒ってなかった？」ケイトはたずねた。こんな感覚に陥るのは夜気のせいだ。普段は二杯飲んでも、こんなふうに笑いながら歌いたい気分にはならない。真剣な表情を作ろうとしても、唇が引きつって笑いそうになった。

「いや」ダミアンが主照明を消すと、灯《あか》りは三つの側灯だけになった。このほうが心が落ち着き……危険だった。ケイトは動揺が高まるのを感じつつ、ソファのダミアンの隣に、二センチほど離れて座った。

唇をなめる。「そ……そうなの？」

「ああ」ダミアンは腿が触れそうなほど近づき、ケイトの後ろに腕を回した。すでにベルベットの上着を脱ぎ、シャツのボタンを上から数個外している。

魅惑的な目に浮かぶ真剣な色に、ケイトはそわそわと身動きした。「え……なぜ？」

「理由は簡単だ」ダミアンの声が誘うように低くなった。長い髪に指を絡め、ケイトを動けなくする。

「どんな理由？」ケイトはダミアンのあごの深い割れ目に魅了されながら、また唇をなめた。

「別の主役をあげたんだ」彼は面白そうに笑った。

その声がケイトの頭のもやを貫いた。「別の主役？」

「ああ」ダミアンは力強く情熱的な唇でケイトの喉を愛撫《あいぶ》した。「この映画には男の主役が二人いるんだ」

彼の唇はケイトの体にふわふわとした不慣れな感覚をもたらしたが、それは快いものだった。これがダミアン・サヴェッジ、ケイトが十三歳のとき、より魅力的な別の誰かに心移りするまで夢想していた男性なのだ。ケイトは間違っていた。ダミアン以上に魅力的な男性も、性的刺激の強い男性も、地球上には存在しない。

だが、十三歳のときはそれを知らず、やがて恋心は気まずさから来る嫌悪感に変わり、若さゆえの傲慢さで彼のことは忘れ去った。だが、その男性に会った今、空想が実現する以上のことが起こっている。

空想どおり、ダミアンはケイトにキスしたが、現実は想像とは桁違いだった。刺激と同時に恐怖も感じられ、あらわになった肩に彼の唇が快かった。

「ダミアン……」ケイトは理性を取り戻そうとあがいた。彼が何者であるかによって判断力を鈍らせてはいけない。だが、ケイトに作用しているのは彼が何者かではなく、何をしているかだった。「お願い！」

ダミアンはわずかに顔を上げた。「うん？」その目は感じ入ったように半分閉じていた。ケイトの顔から髪をどかせ、上気した頬を指でそっとなぞる。「なんと大きく無垢《むく》な茶色い目なんだ。多くを約束しながらも、それ以上に何かを隠していそうだ」

「映画のことだけど」ケイトは正気をたぐり寄せた。「ジェームズはマットとの共演は喜ばないと思うの」乱れた髪を払いのけ、ダミアンから少し離れようとする。

ダミアンは顔をしかめたが、ケイトを放しはしなかった。「ジェームズの感想など知らない。マットと共演するか、映画に出ないか、二つに一つだ。それより、ジェームズは君を僕に連れていかれることのほうを気にするだろうから、それは何とかしないと」

「そんな……なぜ――」

ダミアンの唇は、香水をつけたケイトの喉元に戻った。「なぜなら、僕はどんな手段を使ってでも、君を連れていくつもりだからだ。ケイト、僕と暮らそう」

首筋の感じやすい脈に舌が炎を放ち、ケイトは這《は》い回る唇から逃れようとした。「断るわ」その言葉は熱を帯び、頭の中にまた霧がかかった。「私はジェームズの家で暮らすの。あの人に面倒を見てもらう」

「面倒は僕が見る」ダミアンはしゃがれた声で約束し、待ち受けるケイトの唇へと唇を這わせていった。「ジェームズよりずっとよくしてあげるよ」

「いや……」ケイトの抗議には力がこもらず、ダミアンがそれに気づいて勝ち誇った笑みを浮かべるのが感じられた。今こそダミアンを止めるときだ。

だが、ケイトは止めず、ダミアンの力強い唇に素直に唇を奪われ、彼が呼び覚ます快感に身を任せた。キスの経験はあったが、こんなキスは初めてだった。ダミアンの唇にキスを焦《じ》らされては深められ、ケイトはあえぎながらその先をせがんだ。

いつのまにか、ケイトはソファに座るのではなく横たわっていて、ダミアンの引きしまった長身がそばにあった。ケイトの両手は彼の肩をつかみ、ボタンがすべて外れたシャツの下の熱い肌に触れていた。目は閉じられ、喉は彼の唇の熱にさらされている。

「ああ、ダミアン」あとで後悔しても構わないとケイトは思った。「あなたのせいでのぼせてしまったわ」

くすぶる緑の目がケイトを見下ろした。「それは僕だけの責任じゃないだろう。どのくらい飲んだ？」

ケイトはダミアンのあごのずっと触りたかった魅惑的な割れ目に触れた。「二杯だけ」ぼんやり答える。

「マットの家で？」ダミアンは鋭くたずねた。

ケイトはふくれっつらでダミアンを見上げ、ぴったりしたシャツとズボンに包まれた細身のたくましい体をうっとり眺めた。「それは重要なの？」

ダミアンは低くうなり、ケイトの髪に顔を埋《うず》めた。「今はどうでもいい。ああ、君がこんなことをするからいけないんだ！」彼の目には苦悩の色があった。

ケイトは無邪気に彼を見上げた。「何のこと？」

「そうやって唇をなめることだ」ダミアンの唇が、一瞬、ケイトの唇をふさいだ。「いやらしい」

ケイトはにっこり笑った。「そうなの？」

ダミアンもほほ笑んだ。「飲みすぎたんだな。ついていけそうにないほど急激な変化だ。少し前まで、僕が腕を回そうとすると、雌猫みたいに暴れてたのに」

「あら、抵抗されなくなったから興味を失ったの？　追いかけるのは好きだけれど、つかまえる気はない？」

「馬鹿を言うな。君が抵抗してもしなくても、僕は君が欲しい。僕の腕の中で君が柔らかくしなやかになってくれるほうがいいけど、闘わなきゃいけないなら闘う。勝利の味がいっそう甘くなるよ」

「勝利を確信してるのね？」

「ああ、もちろん」ダミアンは低い声で請け合った。

ケイトは薄く笑った。「あなたって本物の悪魔ね」

「不満か？」

「それは……」ケイトの声はつまり、頭がぐるぐる回り始めた。「気持ち悪い」その声は自分の耳にもかすかにしか聞こえなかった。どうしたのだろう？

ダミアンは顔を上げ、急に蒼白《そうはく》になったケイトの顔を見下ろした。「おい」怒ったように毒づき、ケイトをゆさゆさと揺する。「酒は何を飲んだ？」

ケイトは頭が回らなかった。痛むこめかみを手でこする。「お……覚えてない」苦しげに目を見開いた。

ダミアンはケイトの二の腕をしっかりつかんだ。「頑張れ、ケイト、考えろ。答えてくれ！」

「ええと……マティーニとレモネード……かな」吐き気がこみ上げてきて、ケイトは弱々しく言った。

「なんてことだ！」ダミアンの口元が険しくなった。「バーの中にいたのは、ジェリー・ソーンダーズか？　長い黒髪に眼鏡をかけた、ずんぐりした男だ」

「た、たぶん」ケイトの目は焦点が合わなくなり、ダミアンの目鼻は歪《ゆが》んで原形を留《とど》めなくなった。

「あいつ！　ただじゃおかない！」

「わけがわからない。家に帰りたい。気持ち悪い」

「こんな状態で家に帰すわけにはいかない」ダミアンの手がケイトの髪をなでた。「今夜はここに泊まれ」

ケイトは頭を振った。「だめ、帰らないと」両足を床につけ、立ち上がろうとして倒れた。「ダミアン……」ついに気を失い、絹のクッションに崩れ落ちた。

ダミアンはケイトを揺さぶったが、効果はなく、その顔は憤怒《ふんぬ》に歪んだ。「ジェリーめ、地獄に落ちろ！」ケイトを抱き上げ、寝室に運んでいった。

ケイトは寝具にすっぽりくるまれ、気分よく目覚めた。ここがどこなのかわからず、頭をゆっくり動かす。やがて、思い出した。マットのパーティ。ダミアンの部屋に戻ったこと。ソファの上で起こったこともぼんやり覚えていた。その後の記憶はない。

ケイトは顔を赤らめた。あれから何があったの？　ここはどこ？　この寝室に見覚えはなく、ダミアンに昨日案内された四柱式ベッドの部屋とも違っていた。より男性的な雰囲気の部屋で、装飾はくすんだ緑とクリーム色だ。男性の部屋。ダミアンの寝室だわ！

でも、ここで何をしているのか……愚かな疑問ね。昨夜《ゆうべ》、この部屋で何があったのかは、誰の目にも明らかだ。どうしよう！　信じられないけれど、ほかにどんな説明ができる？　記憶さえあればいいのに。

ケイトは起き上がり、パニックに陥らないよう頑張った。それだけでも難しかったが、体を起こしたときに、自分が黒い絹の大きすぎる男物のパジャマの上を着ていることに気づいた。パジャマの丈は膝まであり、大柄な人のものだとわかる。ダミアン？

「おはよう、天使さん」ダミアンは言い、コーヒーカップとバターつきトーストの皿を持って寝室に入ってきた。ケイトと同じパジャマのズボンをはいている。「君の朝食だ」ダミアンはにっこりした。

ダミアンの裸の胸に瞬時に反応して息苦しくなった自分を恥じ、ケイトはそっぽを向いた。「いらない」

ダミアンはあごを上げ、挑発的にほほ笑んだ。「どうしたんだ？　昨夜はあんなにご機嫌だったのに」

「昨夜！」ケイトは鋭くささやいた。「騙《だま》したわね。頭が働かなくなるくらい私を酔わせて、そのあと……」

ダミアンはからかうように眉を上げた。「そのあと？」

「何をしたのかは知らないわ」ケイトはダミアンをにらんだ。「でも、あなたが私を自分のベッドに寝かせて、おとなしく別の場所で眠ったはずがない」

「そのとおり」ダミアンの視線をたどると、乱れたベッドの上に並ぶ枕に窪《くぼ》みが二つできているのが見えた。「二人ともあのベッドで眠ったよ」

「もう、いや！」ケイトは上気した頬に手をあてた。

「いいじゃないか。それに、君が酔っ払ったのはジェリー・ソーンダーズのせいだ。マティーニとレモネードにウォッカが大量に入ってたんだ。ジェリーがよくやるいたずらだよ。君は突然、気を失った」

「じゃあ……」ケイトは困惑した。「何も……」

「何もなかった。意識のない女性を抱く趣味はない」

ケイトの困惑は深まった。「でも……私はあなたのベッドにいて、あなたもそこで眠ったんでしょう？」

「そうだ、文字どおり眠った。眠っている君はかわいかったよ。赤ん坊みたいに僕に身をすり寄せて」ダミアンはそれを思い出したのか、嬉《うれ》しそうに笑った。

ケイトは少しも嬉しくはなく、昨夜何が起こって何が起こらなかったのかを知りたかった。パジャマのポケットを引っ張る。「どうやってこれを着たの？」

「どう思う？」ケイトのぎょっとした顔に、ダミアンは笑った。「心配するな、僕が服を脱がせてベッドに連れていった女性は君が初めてじゃない。まあ、女性は普通、僕の前で気を失いはしないけど」

「これを着せる必要はあった？」ダミアンに服を脱がされたと思うと、ケイトはいっそう憤慨した。

ダミアンはにっこりした。「裸のほうがよかったか？　その案にも惹《ひ》かれたが、僕の自制にも限界がある。一晩中、腕の中で身をくねらされて、欲望で頭がおかしくなりそうだったんだ」

「私のねまきではだめだったの？」ケイトは荷物に入れてきたのが透けているベビードールだったことを思い出し、頭に浮かんだ光景に顔を赤らめた。

「そういうことだ」ケイトの思考を読み取ったかのように、ダミアンは笑い、トーストを一枚取ってドアに向かった。「その服のほうが君は安全だったよ。待ってて。ひげを剃《そ》ってくる。無精ひげで君の繊細な肌を引っかかないようにね、思慮深いだろう」

「肌を引っかく?」ケイトは呆然《ぼうぜん》と繰り返した。

「ああ。戻ってきて、君と結ばれるときに」

「う……嘘《うそ》よ!」ケイトは後ずさりしたが、ダミアンへの恐怖をあらわにした自分に腹が立った。

ダミアンは足を止め、鬱々とした目に燃える情欲でケイトの言葉を否定した。「そうかな?」

ケイトはパジャマの上着をかき合わせ、その丈の短さに悪態をついた。言葉ではダミアンを拒みながら、彼の寝室で彼の服を着ているとは何とも滑稽だ。二人の間には親密な空気が満ち、ケイトの拒絶をあざわらっていた。「そうよ。あなたがこの部屋を出たらすぐに、急いで着替えて出ていくから」

「本当に?」

「ええ」ケイトは断固として言った。

ダミアンは細身の体を弓のように反らし、ドアをゆっくり閉めた。「じゃあ、無精ひげは我慢してもらおう。僕から逃げるチャンスは与えない。昨夜は君に裏切られたけど、二度と裏切らせるつもりはない」

ダミアンは黒い絹のズボンをまとった腰を揺らし、ケイトに近づいてきた。ケイトはその男性的な美しさに、獲物を前にしたジャングルキャットのように危険なオーラに絡め取られた。問題は、ダミアンの狙いは食料よりも価値あるものだということだ。

「裏切ってなんかないわ」ケイトは必死に否定した。「あなたと寝るつもりはなかったもの、昨夜も、今も」

ダミアンはケイトと腿が触れ合うほど近くまで来ていた。硬く強い指で、ケイトの唇を開いて愛撫する。「キスしたくなる唇だ。ベッドには一緒に入ったから、あとは君が一晩中差し出していたものをいただけばいい。君の誘いに乗らなかったのは、抱くならしらふの女性のほうが好きだからだ」

「抱かれたりしない！　そんなことされたくない」

「昨夜、気を失う前の君はそうは言っていなかった」

ダミアンに肩を軽く突かれ、ケイトは乱れたシーツの上に背中から倒れた。ダミアンもベッドにのり、両脚でケイトを押さえつけた。

「昨夜の君の唇は真逆のことを言っていた。今も同じか確かめよう」

ケイトの抗議は唇に重なった野蛮な唇に、体を押さえる両手に、こわばりを感じるほど押しつけてきた体にのみ込まれた。ケイトは反応してはいけないと思ったが、体は独立した意思を持っているかのようにダミアンに密着し、腕は彼の首に巻きついた。

ダミアンはケイトの閉じたまぶたに片方ずつキスし、ケイトの両手を自分の背中に移動させ、その手に愛撫されて気持ちよさそうにうなった。耳たぶをなめ、パジャマの開いた襟元に片手を差し入れる。その手が胸を包むと、ケイトは身をこわばらせ、触れられた胸の頂がつんと立った。ダミアンを阻止しようと力なく動いても、彼の手はその場に留まった。

ケイトは新しい感覚に驚嘆し、我を忘れた。ダミアンの腕の中にはすべてから解き放たれた感覚がありながらも、体内では熱い緊張感が急速に高まり、準備もできないままあふれ出して爆発しそうだった。

ダミアンはケイトの体を這い下り、肌のそこらじゅうに熱いキスを浴びせつつ、すばやくボタンを外して絹地を押しやり、張りつめた肌をあらわにした。

「ああ、きれいだ。大理石の彫刻のよう……だが、ずっと熱い」ダミアンはむき出しの胸を手で包み、柔らかな肌をなでた。「夜の間に百回も君を奪わないよう、僕がどれほど頑張ったか」かすれた声で言い、飢えたように左右の胸にキスをする。「いや、千回だ！」

「ダミアン……」ケイトは不安に震えた。「私――」

「いいんだ」ダミアンはケイトの口を手でそっとふさいだ。「しゃべるな。ただ、身を任せて。力を抜いて」

ケイトはすでにじゅうぶん力を抜き、熱い快感を抑えきれなくなっていた。これほど感覚に降伏することがあるとは、夢にも思わなかった。愛し合う二人を想像するときは、興味を同じくする二人がつき合い始め、互いへの愛を育むうちに、相手に自分を捧《ささ》げたくなるものだと思っていた。だが、今の状況はそれとはまるで違うのに、ダミアンに自分を捧げないことは考えられず、ほかの男性には差し出したことのないものを彼と共有したくなっていた。

ダミアンは顔を上げ、とろんとした目でケイトを見た。「ケイト、君が欲しい。僕を拒まないよな？」

ケイトは黙ってうなずいた。一緒に情熱の終着地点まで行こうとしているのが、昨日初めて会った男性で、今日まで自分が嫌い、軽蔑すらしていた相手であることは、もう気にならなくなっていた。それらは些細《ささい》なことで、今この瞬間に重要なのは、二人の体が密着していることと、彼の手の確かな感触だけだった。

「これを外してくれ」ダミアンがそう言って肘をつくと、ケイトは彼のズボンの留め具を外そうとしたが、すぐに身じろぎして顔を上げた。「どうした？　痛かったか？」

ケイトはダミアンの熱い目に裸を見られるのが恥ずかしくなってきた。「あごよ。ざらざらしてて」

「くそっ！」ダミアンはいらだたしげにあごに触れ、ケイトを見た。「ああ、君の肌になんてことをしてしまったんだ！」ケイトの敏感な胸の赤くほてった肌に触れる。「痛かったな。なぜ言ってくれなかった？」

黙ってキスしてと、ケイトは言いたかった。話しかけられると、彼が何者で、自分に何をしているかを思い出してしまう。「さっきは痛くなかったの」

「やっぱり剃っておけばよかった」ダミアンはいたずらっぽくほほ笑み、起き上がった。

「すぐ戻る」名残惜しそうにケイトを見て、隣の浴室に向かった。

ケイトは呆然と横たわっていた。私は何をしてるの？　すでに同じベッドで一夜を過ごすことをダミアンに許している。いや、許したわけではなく、ほかに選択の余地がなかったのだ。

でも、ダミアンに愛の行為を許すかどうかは選べる。みだらな女のようにここで待つ必要はない。

自分を完全に汚してしまう前に、出ていかなければ。ダミアンは処女であることを望んではいないと言っていたし、ケイトは処女だ。ケイトの未熟ぶりに、これほど名声のある男性はすぐに飽きるだろう。

ケイトが急いで服を着ている間、ダミアンが浴室で鼻歌を歌っているのが聞こえ、その自信満々な声に、出ていく決意はいっそう固まった。ダミアンにとってケイトは単なる気晴らしだ。でも、そう簡単に勝ち取れない女もいることを思い知らせてあげなくちゃ！

ケイトは部屋から抜け出したあと、別の寝室に立ち寄ってスーツケースを取ってきた。

エレベーターのドアが背後で閉まると、安堵《あんど》のため息をついた。

昨夜ダミアンがバリーと呼んでいた男性がフロントに座っていた。彼は顔を上げてにっこりし、礼儀正しく立ち上がった。「おはようございます」

ケイトは顔を赤らめた。男性の声に含みはなかったが、朝の九時にイブニングドレス姿でこの建物を出ていくのが不審なのは確かだった。「おはよう」

「タクシーをお呼びしますか？」彼はたずねた。

それより、このブロックを離れてからタクシーをつかまえるほうが安全だ。ケイトにまた裏切られたと知れば、ダミアンは激怒するだろう。同じベッドで眠りに就いただけで、私が体を許すと思うなんて図々《ずうずう》しいわ！

ケイトはにっこりした。「大丈夫。すぐそこだから」会話を避けるため、彼が答える前にその場を離れた。

ジェームズの自宅はそう遠くなく、つかまえたタクシーでまもなく到着した。今から急いで風呂に入り、服を着たあと、郊外の家までの交通手段を確保するのだ。ジェームズに迎えに来てもらってもいい。だが、それではことの次第がばれてしまう。昨夜起こったこと、今朝のことも、兄には言いたくなかった。

風呂は実に気持ちよく、ケイトは予定よりも長居して、よい香りの泡の中でくつろいだ。黒のリボンで髪を頭頂にまとめた頭を、大きな埋め込み式バスタブの後ろにもたせかける。浴室の広さに笑みがもれた。ジェームズは贅沢《ぜいたく》な生活が好きで、この豪華なバスタブも、床全体を覆うカーペットも、総鏡張りの壁も、それに一役買っていた。

「僕ならそこで居眠りはしないね」

ケイトが目を開けると、浴室の入り口脇の壁にダミアンがもたれ、その姿が鏡の四隅に映っていた。ケイトは泡の中に身を沈めた。「どこから入ったの？」

ダミアンはぶらぶらとバスタブの縁まで歩いてきて、革靴を履いた足がケイトの頭のすぐそばに見えた。「ドアに挿しっぱなしだった」鍵を掲げる。「不注意だぞ」鍵を無造作に、ケイトの足元の湯に落とした。

ケイトは驚いて体を起こした。「なぜこんなことを？」

ダミアンは靴を脱いでバスタブの縁に腰かけたあと、ゆっくりと湯の中に入ってきた。

「捜すのを手伝うよ」

ケイトは驚いて目をみはった。「出てちょうだい！　鍵はお湯を抜いたら見つかるから。ズボンが台なしよ」

ダミアンは肩をすくめた。「じゃあ、ジェームズのズボンを借りよう。ここにも置いてあるだろうし」

ケイトはバスタブの側面まで下がり、胸を両手で隠して、ダミアンが鍵を捜す手が脚に触れると、神経質に飛び上がった。「出ていって！」思わず叫んだ。

「そううろたえるな。君の裸なら今朝すでに見ている」ダミアンは身をかがめてケイトを抱き上げて湯から出し、そこらじゅうに水滴をまき散らしながら寝室に運んでいった。べッドに放り投げ、両腕で動けなくする。「さあ」ケイトの顔のすぐそばに顔を近づけて言う。「今朝、僕から逃げた理由を教えてくれ」

「服が！」ケイトは自分の体がダミアンの黒いシャツにつけた濡《ぬ》れ染みを見た。「びちゃびちゃよ！」

ダミアンはケイトの手首を強くつかんだ。「答えろ」

「な、何を？」ダミアンの近さに動揺し、ケイトは頭が働かなくなった。なぜついてきたの？　まさか、今朝やめたことの続きをするつもり？

「僕から逃げた理由だ」ダミアンは繰り返した。

ケイトはそっぽを向いた。「わかってるでしょう」

「そうなのか？」

「そうよ！」危険な体勢であることを意識し、ケイトは短く答えた。「今朝は私に接近することで誘惑しようとしたし、今も同じ。私の弱さを利用してるの」

ダミアンはケイトの頬に熱い息をかけながら、髪のリボンをほどいた。「僕は君を弱らせられるのか？」

ケイトはその手を押しのけた。「わかってるくせに」

「わかってる？」ダミアンは言った。「なぜ？」

ケイトはダミアンをにらんだ。「あなたは自分が女性に与える影響を知ってるからよ。

あなたが放つ傲慢なセクシーさに、女性は挑戦されたと感じるの」

「君はその挑戦を受けたんだろう?」ダミアンは誘うようにケイトの顔と体を眺めながら低く言った。

「いいえ! 私はあなたと闘えるほど経験がない。大人の誘惑には簡単に屈してしまう」

ケイトは抵抗をやめた。「だから、私が欲しいならお好きにどうぞ」

驚いたことに、ダミアンは笑い出し、その低く深い声はとても魅力的だった。ケイトの上からごろりと下りる。「なんと興ざめなんだ! 僕は積極的な女性は好きだが、無関心な女性は好まない」起き上がり、濡れたベッドカバーをケイトの裸の体にかけた。「君が積極的に僕に抱かれたくなるのを待ってやろう」

「その時は永遠に来ないけど」

「どうかな」ダミアンは体に張りつく服を悲しげに見下ろした。「ジェームズの服を借りられるかな?」

「ジェームズの寝室にあるわ。廊下の二つ目のドア」

「ジェームズの寝室?」ダミアンは嘲った。「彼は寝室が別でも構わないのか? 君が僕と暮らすようになったら、そんな贅沢は許さない。毎晩君をいただく」

「なぜついてきたの?」ケイトは震える声で言った。

ダミアンは一瞬、ケイトを振り返った。「君は僕のもので、僕は自分のものを簡単に手放さないからだ」

「ジェームズのものでも？」ダミアンはいらだたしげに言った。「二年というのは、彼が君にいろいろな権利を持っていると思うのにじゅうぶんな期間だと思うが。僕はそれが気に入らない。君が服を着たらジェームズのもとに送って、今夜また訪ねる。荷物をまとめ、八時に出られるようにしておけ」

「私はあなたの家には行かない」ケイトは言い張った。「肉体的にあなたに惹かれるのは否定できない。でも、そこに意味はない。一緒に住む理由はないわ」

「僕に面倒な癖があると思ってるのか？」ダミアンはにっこりした。「歯磨き粉をチューブの真ん中から搾るとか？　今までそんな苦情は来てないが」

「今まで何人と暮らしたことがあるの？」

「一人も」ダミアンは笑いながらドアを閉めた。

三十分後、二人はジェームズの郊外の家に向かっていて、ダミアンはジェームズの白いジーンズをはいていた。ジェームズより筋肉質のため、ジーンズはヒップに張りつき、腿の太さが際立っている。

家に着くと、ダミアンはケイトのほうを向いた。「今夜僕と出ていく準備をしてくれ。無理やり連れていきたくはないから。服は一着も持ってくるな」

「服なしであなたと住むの？」驚いたせいで、ケイトは実際に彼と住むわけではないことを一瞬忘れた。

「いや、明日アメリカに発《た》つ前に新しい服を買って、残りは向こうで用意すればいい。ジェームズにもらったものは何も持ってきてほしくないんだ」

「嫉妬？」

「嫉妬だ」驚いたことに、ダミアンはそう認め、ケイトの唇に軽くキスをした。「君を僕のものにするまで確信が持てない。さあ、中に入って、今夜僕が映画の話をしに来るとジェームズに伝えてくれ。撮影日時と場所に関する打ち合わせで、数分で終わる」ダミアンの唇は頬を這ったあと、唇に戻った。「楽しみにしてるよ。今夜は妙な飲み物は飲まないように！」

ケイトはそそくさと車を降り、ダミアンの誘惑の声と体の近さから逃れた。「さよなら、ダミアン」

ダミアンは片手を上げた。「じゃあまた、天使さん」

ケイトは私道から出ていく車を見守った。危うく、ダミアンと暮らすのだと思い込むところだった。だが、そうはならない。まず、ジェームズがそれを許さない。そうであってほしい。ケイトは自力で断りきる自信がなかった。ケイトのような世間知らずにとって、ダミアンは説得力が強すぎるのだ。

# 4

昨日のハウスパーティから残っていたのはシェリとジェームズだけで、ケイトが静かにラウンジに入っていったとき、二人はコーヒーを飲んでいた。

「ケイト！」兄は飛び上がった。「どこにいたんだ？」

ケイトはジェームズの探るような視線を避けた。「知ってるでしょう」ケイトは兄の腕から抜け出し、コーヒーカップを持ってきてくれた執事にほほ笑んだ。そのカップにシェリがコーヒーを注《つ》いでくれた。

執事の退室を待って、ジェームズは会話を再開した。「家にはいなかっただろう」背後で静かに言う。「何度か電話した。昨夜《ゆうべ》に一度、今朝に二度」

簡単にばれたことのショックを隠そうと、ケイトは明るい笑顔でシェリからコーヒーを受け取った。「昨夜はまだパーティで、今朝は入浴中だったのよ」

「今朝は二時間空けて電話した」

「一回目はまだ寝てたの」ケイトは動揺し始めた。

「尋問はやめてあげて」シェリが優しくたしなめた。「ダミアンと夜出かけたら、眠るどころじゃないわ」

「シェリ！　これは僕の妹の話だぞ」

今度はケイトが驚く番だった。いつ何時も二人の血縁を隠してきたあのジェームズが、自分たちが兄妹《きょうだい》であることを堂々と宣言したのだ。「ジェームズ？」

ジェームズはシェリに腕を回し、珍しく恥じらうような顔をした。「シェリと結婚することになった」

ケイトは二人を見比べ、喜びの表情を確かめたあと、一人ずつハグした。「おめでとう！　式はいつ？」

ケイトの熱心さにシェリは笑った。「もう、まずは結婚式を挙げる実感がわくのを待たせて！　実は、あなたのことが気がかりだったの。前はあなたたちの関係を知らなかったから。てっきり――」

「恋人同士だと思ってたのね」ケイトは顔をしかめて続けた。「ダミアンも同じ誤解をしているみたい」

ジェームズの顔が怒りに曇った。「何を言われた？」

「誰もが思っているようなことよ。本当のことを言いたいけど、無理なのよね。あなたのお母さんのことがあるから。お父さんの名声も無視できないし」

ジェームズは同情の色を浮かべた。「落ち込まないでくれ。お前が妹だと公表したほうがいいと思えばそうするよ。今は婚外子への偏見は減っているが、リチャード・セントジャストが十八年前に婚外子を産ませていたと知られたら、大きな醜聞になる。お前が言ったとおり、母さんのことも考えないと。そもそも、お前の存在を知っただけでもショックなのに」

「私のほうがよっぽどショックだったわ」ケイトはシェリに力なくほほ笑みかけた。「こんな話を聞かせて悪いけど、私たち、この件では意見が合わないのよ」

「それはジェームズが婚外子の側じゃないからよ。自分がそっち側なら考えも違っていたはず。もう、にらまないで、ジェームズ。私は両方の立場に立てるわ。あなたはお母さんの心配ばかりしてるけど、あなたたち二人のことであてこすりを言われるのはケイトよ。私たちが結婚すれば終わるとは思うけど」

「それはあてにしていない」ジェームズはそっけなく言った。「もっとひどい状況になるんじゃないかな」

「私が家を出れば大丈夫」ケイトは静かに言った。

「えっ、そんな――」シェリが驚きを口にするのと同時に、ジェームズも思わず声をあげた。

「僕が許さな――」

「二人とも私を止められないわ」ケイトはさえぎった。「最初から間違ってたのよ。私がジェームズと住まずに、一人暮らしすればよかった。今からそうするわ」

「だめだ!」ジェームズは憤慨した。「一緒に住んでいなきゃ、僕は目を光らせられないだろう?」

「私はもう十八よ。家を出るのに許可はいらない」

「お前はここにいろ。世間の噂《うわさ》など放っておけ」

「シェリ?」ケイトは将来の義姉を見た。

「私もジェームズと同じ意見よ。ここはあなたの家なんだから、噂のせいで出ていくことはないわ」

「もし、私が出たいと言ったら? 友達を自由に選んで、自分の人生を送りたいと言ったら?」

ジェームズはうんざりしたように鼻から息を吐いた。「ナイジェル・ハンフリーズにそそのかされたな?」

「ナイジェルは関係ない。あの人はあなたが言うとおりだと思う。私に近づいてきたのは、あなたと知り合ってキャリアの助けにしたいからだったの」

「僕はそうは言っていない」ジェームズは急に立場を変えた。「お前を出ていかせない。僕が許さない」

「ジェームズ！　ケイトに出ていってもらいたくないのは私も同じだけど、あなたにそれを命令する権利はないわ。ケイトの気持ちを考えてあげて」

「ありがとう」ケイトはシェリにほほ笑みかけた。「私は出ていきたいの。あなたの結婚とは関係ないわ」

ジェームズの灰色の目が疑わしげに細められた。「ダミアンと関係あるのか？　昨夜彼と出かけたきり、朝になっても連絡が取れなかったことと？」

ケイトは顔を真っ赤にしてそっぽを向いた。「言っている意味がわからない」

「お前のその決断は、あの男と関係あるのかという意味だ」

「まさか」それは事実だ。

「昨夜はどこにいた？」ジェームズは低くたずねた。

「言ったでしょう、ロンドンの自宅よ」兄に嘘《うそ》をついていることへの罪悪感で、ケイトは取り乱しそうになっていた。「問いつめるのはやめて！」

「お前が嘘をついていると思うから問いつめているんだ。僕がダミアンと行かせたせいで、こんなことに――」

「違うわ」だが、危ないところだった。ダミアンは感覚を麻痺《まひ》させる、凄《すさ》まじい磁力を持っている。

シェリが背伸びし、ジェームズの唇にキスをした。「見捨てるわけじゃないけど、飛行機の時間があるの。荷作りしないと。ケイトに優しくしてあげてね」

「シェリ、ケイトは妹だ。僕の妹なんだよ」

シェリはケイトを励ますようにほほ笑みかけたあと、ジェームズに向き直った。「私には、ケイトは立派な大人に見えるわ。自分のことは自分で決められる」

「何度もありがとう」ケイトは感謝を込めて言った。

「やめろ」ジェームズは不機嫌にさえぎった。「お前たちがすでにぐるになっているなんて耐えられない」

シェリは笑った。「じゃあ、荷作りをしてくるわね」

「ああ」ジェームズは名残惜しげにシェリの唇にキスした。「急いで。一時間半後には空港にいなきゃいけない。なぜあのモデル契約を解消しないのかはわからないけど。もう結婚したも同然なのに」

「衝動的ね！　私はプロのモデルだし、評判も大事だから、契約は守る。それに、あなたの舞台が始まるまでまだ二カ月あるわ。仕事の合間を縫った数日間じゃなくて、ちゃんとした新婚旅行に行くの」

「見たか？　もう僕を尻に敷こうとしている」

「残念ね！」シェリは笑いながら部屋を出ていった。

ケイトはにっこりした。「ジェームズ、本当に嬉《うれ》しい。シェリはあなたにぴったりの人よ」

　ジェームズはケイトをじっと見た。「本当にいいのか？　シェリにプロポーズする前にお前に相談しようと思っていたのに、そうする前に話が進んでしまった」

　ケイトはにっこりした。「シェリに夢中なのね」

　ジェームズは恥ずかしそうな表情になった。「まあね。気づくと結婚を申し込んでいた」

　ケイトは兄を抱きしめ、人がいかにたやすく感情に流されるのかを思った。だが、ケイトに限って言えば、それは肉体的な吸引力であって、恋心ほど劇的なものではない。恋ならよかったのにという気もした。それなら、ダミアンへの自分の反応も説明がつくし、困惑もせず受け入れられるはずだった。

「空港に行くならあなたも準備しないと」ケイトは軽い口調で提案した。「私は自分の部屋で着替えるわ」

「ああ。でも……家を出るって本気じゃないよな？」

　ジェームズの目の傷ついた色に、ケイトは罪悪感を抱きそうになった。「本気よ。あなたを愛してないわけじゃなくて、自立して、自分の足で立ちたいの」

「そんな考えを誰に吹き込まれた？」

「誰にも。そういう言葉を聞いたことがあっただけ」

「どういう言葉だ？」

ケイトはそわそわと身動きした。「実際の言葉が何だろうと、その人たちは正しかったわ」

「その人たち？」ジェームズは問いつめた。

ケイトは質問を無視した。「私はここでだらだらしてただけ。仕事もしない、夢中になれるものもない。シェリみたいなモデルになってもいいわね」興奮した口調で言う。「あなたみたいに演技に挑戦してもいい。ダミアンが……」罪悪感から言葉がとぎれた。

「ほう？　ダミアンに何と言われた？　余計な助言をしてきたのは、ダミアンだと思っていいのか？」

ケイトの茶色い目が燃え上がった。「そのとおりよ。でも、正確には、助言ではなかったわ」

「想像がつくよ」ジェームズはそっけなく言った。

「でも、ダミアンが正しいことは認めるでしょう」

「そうかもな。それで、何と言われたんだ？」

「私はとてもカメラ映えするって。明日、スクリーンテストをしたいそうよ」

「ふうん？」ジェームズは疑わしげな表情になった。

ケイトはにっこりした。「私も同じ顔をしたけど、ダミアンは真剣だった。私はスターになれるって」

ジェームズは不安げに顔をしかめた。「僕はお前にその道は望んでいない。女性がこの業界でやっていくのは男ほど簡単じゃないんだ。お前をこんないかがわしい職業に就かせたら、父さんはいい顔をしないだろう。〝いかがわしい〟というのは、僕じゃなく父さんの表現だ。それで、お前は行くと言ったのか？」

「いいえ、私もあなたと同じ考えよ。そういう人生は私には合わないし、俳優は家族に一人でじゅうぶん。ダミアンも私に断られてほっとしてたみたい」

「本当に？」ジェームズは考え込むように唇を噛《か》んだ。「不思議だな、わざわざお前にスクリーンテストを持ちかけておいて。いいか、ダミアンがお前に素質があると言うなら、それは事実だ。根拠のないことを言うような男じゃない。僕は賛成はできないが、ダミアンの申し出を断るのは愚かなことだと思う」

「もう断ったのよ」ケイトは自分の部屋に行きかけて足を止めた。「ところで、ダミアンが今夜来ると言っていたわ。映画のことで話があるみたい」

ジェームズは顔を輝かせた。「僕に決めたのかな？」

ケイトはうなずき、いたずらっぽく笑った。「でも、用件は違うと思う。共演者の話じゃないかしら」

「共演者？」ジェームズはほっとした表情になった。「ロジャーズ役だろうな。誰を選んだんだろう？」

「それは言えない、秘密は守らないと」ジェームズのうろたえた表情に、ケイトは笑った。

「ダミアンに怒られちゃう。結局、監督はあの人なんだし」

「ダミアンのことなんか知るか！　教えてくれ」

「言わないほうがいいと思うけど」ケイトはからかうように言った。「あなたは気に入らないと思うの」

ジェームズはケイトをつかまえ、自分のほうを向かせたが、妹のいたずらな表情に思わず笑った。「そんなに面白がるとは、よっぽどお前が嫌いなやつだな」その顔から笑みが消えた。「あっ……マット・ストレンジか？　あのくそ野……男め！」言葉を修正する。「ダミアンはわざと僕に……ひどいやつだ！　僕はそれをめあてに昨日お前をダミアンにあてがうことまでしたのに、彼はすでに僕たちを組ませることを決めていたんだ。確かに、マットの厚かましく横柄な性格はロジャーズ役にぴったりだ。全然思いつかなかった。ダミアンはその話をしに来るのか？」

ケイトは兄に背を向けた。「たぶん」

「ダミアンは人の気持ちをそこまで気にする男じゃない。本当はお前に会いに来るんじゃないのか？」

「それは……」ケイトは唇をなめ、この癖をダミアンに指摘されたことを思い出して顔を赤らめた。

「そうなんだな。あの男とどんな一夜を過ごしたんだ？　ちょっかいを出されたのか？」

あれは〝ちょっかい〟ではない。今朝、裸のケイトを浴室から運んでいったとき、ダミアンの狙いは明らかに本気で、ちょっかいというほどのんきなものではなかった。だが、そう言えば、ジェームズは激怒するだろう。映画主演も断るかもしれない。

「いいえ。ダミアンはがっかりしたと思うわ」

「今夜戻ってきたときに、また試そうとしないか？」

ケイトはとぼけた表情で言った。「あの人みたいなタイプが二回目を試すかしら？」

「どうしても欲しいものがあれば、試すだろう。ダミアンはお前に惹《ひ》かれていることを少しも隠していなかった。本当に何もされなかったのか？」

「まあ、少しは」完全に否定すれば、ジェームズに怪しまれそうだった。「でも、私は拒否した。言ったでしょう、あの人が嫌いなの」今となっては、厳密に言うとそれは事実ではなかった。ダミアンは嫌いというより怖くて、すなわちそれは彼がケイトの中に呼び覚ます感情が怖いのだった。「ジェームズ、シェリが乗り遅れちゃうわ」

「僕はそもそも行かせたくないんだ」ジェームズはぶつぶつ言った。「でも、着替えてくるよ。戻ってから話、いや、説得をする。僕のもとを離れるなって」

ケイトはため息をついた。「無駄よ。私は大人になって、あなたに何もかも依存するのをやめるときが来たの。いつまでも子供のままではいられないのよ」

「ダミアンと一晩出かけただけで、その結論に達したのか。あいつなんかと行かせるんじゃなかった」

ケイトも同じ気持ちだったが、理由は違っていた。今のケイトはダミアンのことばかり考え、ほかには何も考えられなかった。彼の手で夢の世界から引きずり出され、ナイジェルのような男性との関係がいかに浅いものだったかに気づかされた。その目の表情だけで、ごくかすかに触れただけで、ケイトを息づかせる男性はダミアン以外にいない。

だが、ダミアンにそれができるのは経験があるから、すでに大勢の女性を知っているからだ。ケイトがダミアンに身を捧《ささ》げれば、彼の人生を彩ってきた女性たちの一人に、新たな遊び相手になるだけだ。

一緒に住もうと言われているが、その生活がいつまで続く？　一緒に住んだところで、自分が彼の人生において、ただ一人の女だと確信できる？　そうは思えない。ダミアンは一途《いちず》なタイプには見えなかった。

けれども今夜、ダミアンにどう言えばあきらめてもらえるだろう？　二人の関係がどこまで進んでいるのかも、二人が互いに感じている吸引力が、ケイトが恋愛と結婚に抱いていた理想を破壊してしまったことも、ジェームズに言うわけにはいかなかった。

ケイトはプールサイドで居眠りをしていて、執事の咳払《せきばら》いに起こされたときには夕方近くになっていた。ケイトは物憂げに体を起こした。「なあに?」

ジェニングズは気をつけの姿勢を崩さなかった。ジェームズの友人たちのふるまいにぎょっとすることがあったとしても、そんなそぶりは少しも見せず、礼儀正しすぎるくらいだった。「ミス・ダーウッド、ミスター・セントジャストにお会いしたいという男性のお客さまがいらっしゃっています。今はお留守だとお伝えしますと、ではあなたにお会いしたいと」

ダミアンだわ! でも、早すぎる。夜に来ると言っていたのに。どうしよう? とにかく、家には入れなければならない。ケイトは髪に手をやり、今着ているビキニを、ぞっとした目で見下ろした。こんな格好でダミアンに会うわけにはいかない。

「ミス・ダーウッド?」執事は答えを促した。

「ラウンジにお通しして。私もすぐに行くわ」

「かしこまりました」

ケイトは寝椅子から下り、家に向かってプールサイドを急いだ。その途中で、茶色のシャツとクリーム色のズボンという普段着姿の、自分が異性に与える影響を熟知した男性が家から出てくるのが見えた。彼はいやらしい笑みを浮かべ、わずかな衣服まではぎ取るあの青い目でケイトを斜めから見た。

「ミスター・ストレンジ」ケイトは声をこわばらせ、小さな黒のビキニ姿で可能な限り高飛車な態度をとった。「ジェームズはいないわ」この憎たらしい男ではなく、ダミアンが来たほうがどんなによかったか。

マットはほほ笑んだ。「わかってる。でも待つよ」

私はつき合わないけど！　ケイトはマットが大嫌いだったが、彼は世間では人気らしく、それがずっと不思議だった。マットは吐き気を誘うほどのうぬぼれ屋で、性欲まみれの猿のように押しが強かった。

知り合った当初、マットは二度ほどケイトをデートに誘った。それは、ケイトがジェームズの恋人だと思ったからで、自分になびかない女がいるのが我慢できなかったからだ。だが、実際に一人いるのだ。

「いつ帰るかわからないわ」ジェームズが夕食までに帰ることはわかっていたが、ケイトは嘘をついた。

「いいんだ、待つのは苦じゃないから」

「遅くなるんじゃないかしら」ケイトは言い張った。

「時間ならある。夕食に招待してくれてもいいよ」

なんて図々《ずうずう》しいの！「でも――」

「お招きありがとう。座らないか？」マットはプールサイドの椅子を示した。「君と二人きりになれることはめったにないから。昨夜ダミアンと一緒にいるのを見て驚いたよ。ジエームズはナイジェル・ハンフリーズのような男しか、ライバルには迎えないと思ってた。ダミアンは自分と同じレベルにいる男だ」

ケイトもそれはわかっていた。「私が一緒に行ったのは、ダミアンにちょうどお相手がいなかったから」

マットは信じられないとばかりに鼻をふんと鳴らした。「ダミアンが指を鳴らせば女たちが寄ってくるんだから、それはない。君がまだここにいるのも意外だ」

「どういう意味？」

マットは肩をすくめた。「話すから座ろう」

「だ……だめよ。着替えないと」

マットはケイトの日焼けした体をうっとりと眺めた。「僕のことなら気にするな、そのままでいい」

マットらしい言い草だ！　彼は二十七歳にして、ケイトが出会った中で最もいやらしい男だった。なぜそうなったのかも理解できない。金髪と鋭い青い目、屈強な体つきのマットは、野性的な意味で実にハンサムなのだ。ただ、それ以外の点が不快すぎる。

二年前、突然スターになったせいかもしれない。急に人目にさらされ、どこに行っても気づかれ、視線を浴びるようになるのは、楽なことではなかっただろう。ジェームズはこの人気に二十年かけて慣れていったが、マットは二年で折り合いをつけなければならず、まだそれができていないようだった。

なぜマットのふるまいにケイトが言い訳をしているのだろう? 彼のことも、彼の女性に対する態度もケイトは嫌いで、それは変えようがなかった。「ちょうど着替えに行こうとしてたの。だから待ってて」

「座らないか? 君を傷つけはしないから。話がしたいだけなんだ」マットは再び椅子を勧めた。

「わかったわよ。すぐに自分の部屋に戻るけど」ケイトは座った。「ジェームズに何の用?」

「一緒の仕事が始まるから、仲よくなろうと思ったんだ。ジェームズとは何度か仲違《なかたが》いをしていて、君が原因のときもあった。でも、終わったことだ。君は……ジェームズだけのものじゃなくなったんだから」

ケイトは顔をしかめた。「それが、何の関係があるの? そもそも、どうしてそう思ったの?」

「ジェームズはずっと、自分が気に入らない人間が君の近くに来たら、離れろという合図を送っていた。でも、君がダミアンとデートしたなら、それはもうやめたということだ。僕はジェームズに会いに来たんだけど、彼がいなくてよかったのかもしれない。おかげで、今夜君を夕食に誘えるからね。どう?」

「ごめんなさい、今夜は無理」今夜に限らないけど！

「じゃあ、明日は？」

「ごめんなさい」マットの視線にさらされ、全身が熱くなるのを感じながら、ケイトは断った。鳥肌が立ってくる。「明日のジェームズの予定がわからないの」

「ジェームズの予定が関係あるのか？　もう自分の行動は自分で決められるようになったのかと思ったが」

「あなたは私に間違った印象を持ってるの。ジェームズは単なる友達。出かける相手は自分で選ぶわ」

「ほう」マットの青い目が細められた。「ジェームズから受けた印象とは違うな。つまり、前に僕の誘いに乗らなかったのは、君の選択ということか？」

ケイトは墓穴を掘ったことに気づいたが、もう手遅れだった。「それは……ええ、そうだと思う」

「でも、ダミアンとのデートはいやではなかった？」

青い目の危険な輝きから、マットが怒りを募らせているのがわかった。彼の気性の荒さは有名で、よく人前で怒りを爆発させ、新聞の一面を飾っている。ケイトは自分がその怒りの原因になりたくはなかった。「ええ」マットを見ながら、穏やかに答える。

「ダミアンのためにジェームズを捨てたのか？」

「もしそうだとしたら、今もジェームズの家にいると思う？　あなたは私とジェームズの関係を誤解してるの。それに、私がダミアンと出かけたのは一晩だけよ」

「じゃあ、なぜ僕と出かけてくれないんだ？」

いやだからよ！　普通の男性ならもう気づいているはずだ。でも、この男は違う。女性は誰もが自分に惹かれると思い込んでいて、無関心な女性もいることを信じられないのだ。ケイトはあてつけがましく腕時計を見た。「もう遅いわ。着替えないと」

「まだ質問に答えてくれていない。でも、待つよ。君には待つ価値があるから。さあ、着替えておいで」

ケイトはその提案には乗れなかった。「長くなるわ」

「構わない、急いで帰るつもりはないから」

それを証明するかのように、マットは椅子にゆったり腰かけ、立っているケイトを見上げた。

「じゃあ、ラウンジで何か飲んでて。私は急いで戻るから」

「急がなくていいよ」マットも立ち上がった。「道順は教えてくれなくていい、わかってるから」

家を出ていかないのなら、彼は道順を――行くべき道を、わかっていない。ケイトはマットに出ていってほしいのだ。それに気づかないなら、犀《さい》ほど面の皮が厚いのだろう。ケイトは自室でマットの注意を引かずにすむ服を探した。

ビキニを脱ぎ、シャワーに備えて絹のローブをはおる。ジェームズが早く帰ってくればいいのだけど。夕食の誘いを断ってもマットは聞き入れないだろう。不本意な相手と出かけるのはもうまっぴらだった。

「いいね！」

ケイトが振り向くと、マットが琥珀《こはく》色の液体が入ったグラスを手に、ドア口に立っていた。「あなた……」

マットは部屋に入り、背後で静かにドアを閉めた。「あのビキニより、その絹のほうがずっとそそるよ」

ケイトの目に映るマットはひどく恐ろしかった。「寝室に招いた覚えはないわ」動揺をあらわにすればマットは喜ぶだろうから、努めて冷静を保つ。

「その必要があるのか？」マットが近づいてきた。

「そう思うけど」ケイトは用心深くマットを見ながら、ゆっくり後ずさりし、やがて壁に背中が触れた。

マットはグラスを鏡台に置いて前に進み、壁際に追いつめたケイトの頭の両脇に手を置いた。「かまととぶるな。君がどんな女かは知っている。今度は僕の番だ」顔を近づけ、ケイトの喉にキスをした。

マットの唇が肌に触れると、ケイトは嫌悪の震えを抑えられず、逃げようと身をよじったが、頭の両側の手に阻まれた。「放して！」歯を食いしばって言い、泣きそうになるのをこらえる。「大声を出すわよ」

マットはケイトの喉元で嘲笑した。「こういうのが好きなんだろう？　君みたいな女はそうだ」

ケイトはショックにあえいだ。「気持ち悪い人！　もう一回触ったら、本当に大声で叫ぶから！」

「冗談だろう」マットの唇はさらに下へ向かった。

ケイトがあげた悲鳴は、乱暴に口をふさいだ手にさえぎられた。ケイトは嫌悪感を込めてマットをにらみ、目に散る金の斑点に彼への憎悪があらわになった。

「乱暴なプレイが好きなんだな？」マットは上気した顔に醜い怒りの表情を浮かべ、ケイトをにらみつけた。「わかった、じゃあ乱暴にしよう」ケイトを抱き上げ、ベッドに放り投げる。「こんなにそそる女には会ったことがない。自分のものにしてやる！」

「それはどうかな」その声の主にケイトはすぐに気づき、乱れたローブをすばやくかき合わせて、ドア口の前に立っているダミアンに感謝の目を向けた。「マット、お前に分別というものがあるなら」怖いくらい冷静な声で続ける。「黙って出ていけ」

マットはダミアンをにらんだ。「断ったら？」

「外に出て、別の方法でこの問題にけりをつけよう」

今や震えているケイトを、マットは見下ろした。「そこまでするほどの女じゃない」嘲るように言い、ダミアンを見上げる。「まだ僕の番は来ていなかったようだ。君が終わるまで待ってもいいよ」

次の瞬間、マットはケイトの足元にうずくまり、鼻から血を流していた。その表情はひどく醜く、ケイトはたじろいだ。マットは唐突にほほ笑んだ。

「ダミアン、この女にそんな価値はない。

マットが出ていき、あっけに取られたような沈黙が流れたあと、ケイトは声をつまらせて泣き出した。自分が汚れ、堕落させられた気がして、体の隅々までこすり洗いをしてマットの感触を消し去りたかった。ダミアンが隣に来て、ケイトの顔を自分の胸に埋《うず》めさせ、肩に手を回して引き寄せた。

「大丈夫だ。もう終わったから」

「ああ、ダミアン」ケイトはダミアンにしがみついた。「本当に、ぞっとしたわ！」

ダミアンは今も緑の瞳に怒りをにじませ、ケイトの髪を優しくなでた。「ああ。ここであいつが一緒なのを見たとき、殺してやろうかと思った。悲鳴が聞こえなければ、状況に気づかなかっただろう。僕は数分前に着いて、執事に君を呼びに行かせていたんだ」

ケイトは今も恐怖に震えていた。「ああ、ダミアン、あなたが来てくれなければ――」

「でも、僕は来た」ダミアンはケイトのあごを持ち上げ、ほほ笑みかけた。「服を着て。僕は執事に君がいたと言いに行く」ケイトの唇にそっとキスした。

ケイトの唇は息づいてダミアンの唇に吸いつき、腕は首に巻きついた。ダミアンはしばしケイトにキスを返してから、きっぱりと体を離した。ケイトは傷つき狼狽した目でダミアンを見た。「ダミアン？」

「ケイト、服を着ろ」ダミアンは厳しいとも思える声で言った。「僕はラウンジで待っている」

ダミアンが姿を消すと、拒絶された感覚が強まり、涙が止まらなくなった。たった数分のうちに、望まぬ行為をさせられそうになったあと、冷たく拒絶されたのだ……誰に？愛する男性？　まさか！

十五分後、シャワーを浴び直し、ライムグリーンのズボンとそろいのタンクトップを着てラウンジに行ったとき、ケイトは落ち着き払っていたが、その顔は青ざめていた。ダミアンは立ち上がり、青白い顔を心配そうに見た。

「気分はよくなったか？」静かにたずねる。

「ええ」ケイトはダミアンに渡されたコーヒーを飲んだ。「さっきはありがとう」澄ました顔で言う。

「感謝の気持ちはもう受け取ったよ、言葉よりも行動で。そういう感謝のほうが、僕は好きだ」

ケイトは不安そうにダミアンを見た。「意味が――」

「こっちに来てキスしてくれ」

「そっちに行ってキスする？」その提案に力が抜けるのを感じ、ケイトは息を切らして繰り返した。

「ああ。そんなに難しいか？」

「いいえ、少しも」ケイトは喜んでダミアンのもとに行き、ウエストに腕を回して胸に頭をもたせかけ、安定した心臓の音を聞いた。ダミアンはマットと同じくらい、あるいはそれ以上に自分を求めているのに、彼の腕の中にいるとなぜか安心でき、心地よさにため息がもれた。ダミアンの腕に抱かれても嫌悪感はなく、完全には理解できない切望だけがあった。

ダミアンはケイトの髪をほどき、肩のまわりに下ろした。「僕と一緒のときは髪を下ろしてくれ。こんなに美しい髪が隠されているのは我慢できない」

「わかったわ、ダミアン」

ダミアンはかすれた声で笑った。「これからはもっと、ああいう暴漢から君を助けなきゃいけないようだ。そうすれば、君は素直になってくれる」ケイトが身震いを抑えると、ダミアンはいっそう強く抱きしめた。「このことはあえて話題にしないと、君の心が抱えきれなくなって爆発してしまうから」

「でも……すごく怖かったの」外で話し声が聞こえ、ケイトは身をこわばらせた。「ジェームズが帰ってきたみたい」ダミアンの腕の中から抜け出そうとする。ダミアンは腕の力を緩めなかった。「ここにいろ。君が僕の腕に抱かれているのを見れば、ジェームズにも状況がわかる。まだ話してないんだろう？」

「ええ。でも――」

「じゃあ、ジェームズに状況を察してもらおう」

「だめよ！」ケイトがダミアンの腕から抜け出したとき、ドアが開いてジェームズが入ってきた。

「やあ、ダミアン。来てくれてありがとう。ケイト、お前が相手をしてくれていたならいいんだが」コーヒーのトレイに目をやる。「ああ、してくれていたんだな。とにかく、ダミアン、君と乾杯できるのが嬉しいよ」

ダミアンは顔をしかめた。「乾杯？　何の祝いだ？」

「ふふ」ジェームズはにんまりした。「ケイト、結婚式の話はまだしていないのか？」

「誰の結婚式だ？」ダミアンは鋭くたずねた。

ジェームズはケイトの肩に腕を回した。「もちろん、僕の結婚式だよ」嬉しそうに答える。

ジェームズがわざと自分たちが結婚するかのような言い方をしているのがわかり、ケイトはうろたえて兄とダミアンの顔を見比べた。ダミアンに憤怒《ふんぬ》の視線を向けられ、兄の作戦の成功を悟った。

# 5

ケイトは愕然《がくぜん》とした。ジェームズは妹を守りたいだけだとわかっていたが、タイミングが悪い。今のケイトはダミアンから守られることではなく、二人の関係を進展させることを望んでいた。

だが、ジェームズの毅然《きぜん》とした表情からは、関係の進展は許さない、何としてでも阻止するという決意が感じられた。ジェームズは笑顔でケイトを見たが、灰色の目は笑っていなかった。「ついに年貢の納め時だ。彼女なしでは生きていけないと気づいてね」

「急すぎないか？」ダミアンは辛辣に言った。

「そんなことはない。この人はほかの男に渡せないと気づいたときが、運命に身を委ねるときだと思うんだ」

「ほう」ダミアンから向けられた視線の凶悪さに、ケイトはたじろいだ。「いきなりそう気づいたのか？」

ジェームズはほほ笑んだ。「いきなりじゃない。運命が決まる予感はあった。今週末に決意したんだ」

「そんなに最近？」ダミアンはせせら笑った。

執事が入ってきたため、ジェームズは答えを返さずにすんだ。「何だ、ジェニングズ？」

「お電話です。アメリカのミス・アンダーソンから」

「ありがとう。書斎で取るよ。失礼、すぐに戻る」

ジェームズが出ていくと、気まずい沈黙が流れ、ケイトは目を伏せてダミアンを盗み見した。ジェームズの策は巧妙だった。嘘《うそ》はつかず、花嫁の名前を省略しただけだ。ダミアンにどう思われただろう？

その答えはすぐに告げられた。「ケイト、君は僕を利用したのか？」ダミアンは荒々しく言った。

「ダミアン、これはそういう話じゃないのよ」

「何を言っている！」ダミアンはどなった。「ああ、君はどんなゲームをしてたんだ、僕たちを闘わせて」

ケイトはあえいだ。「そんなことはしてないわ」

ダミアンは耳障りな笑い声をあげた。「僕はなんと愚かなんだ！　君のゲームにまんまとはまるなんて」

「ゲームなんかしてない！」ケイトは主張したが、ダミアンが納得しないのはわかっていた。彼にケイトを信じる気がないのなら、勝負はついたも同然だ。

「してるだろう。君は実はとても賢い女なんだな？　僕と暮らす気はなく、僕に求められている事実を利用してジェームズに求婚させたんだ」

「違う！」

「いい策略だ、報われたんだから。僕に体を許さなかったのもそのせいか。それとも、そこは計画外だったのか？」

「計画なんてないわ！　説明させて」でも、どんな説明ができる？　出生の秘密は勝手に明かせない。

「説明はいらない。マットも策略の一部で、求婚はされたがまだ指輪をもらっていないと、ジェームズに知らせたかったんだろう。あの騒ぎに割って入ったのが、ジェームズじゃなく僕で悪かったな」

ケイトは怒りにあえいだ。「あれも……さっき、マットに襲われたのも、私が企《たくら》んだと言いたいの？」

ダミアンは広い肩をすくめた。「計画どおりには運ばなかったんだろうけど。マットは僕より少しばかりしつこいからね。拒絶を受け入れないんだ」

「あなたもでしょう」ケイトはかっとなって責めた。

「受け入れたよ、二度も。今朝、君の言うことを聞かなければよかった。あのとき君を奪っておけば、今、胃をきりきりさせずにすんだのに。この二日間の君ほど、僕に冷水を浴びせた女はいない。負けを認めるのはしゃくだが、さすがの僕でも人妻には手を出せない」

「私はジェームズと結婚なんてしないわ」

「僕に気を遣わなくていい。ジェームズはすでに求婚したんだ。君がどれほどの策士か、彼が気づいているといいが。君と結婚する男は苦労するだろうな」

「あなたも私と暮らしたがってたじゃない」

「でも、結婚するつもりはなかった。ジェームズを結婚の罠《わな》にかけたとは、ずいぶんうまくやったな」

「罠になんてかけてない！」自分の思いどおりにいかなかったときのダミアンは、なんと残酷なのだろう。

「そうだな、彼の望みを拒むだけでよかったんだから。僕も同じ手を使われたら求婚していたかもな」

「そうなの？」ケイトは息を切らして言った。

「たぶん。あいにく、ジェームズに先を越されたし、僕は女性のために闘うような男じゃない。ジェームズも気の毒に。君に拒絶される役回りになって」

「どういう意味？」

「今までにつき合った男は何人いる？」

「二人も」

「一人も！　バージンみたいな答えはやめろ。君は自分がいい体をしていると知っていて、それを利用している。君とこんな生活を続けたなんて、ジェームズはいかれてるな。僕ならとっくに力ずくで奪っていた」

「でしょうね！」

「当然だ」

そのときジェームズが戻ってきて、会話は中断された。ジェームズは自分がどんな修羅場に割って入ったのか知る由もなく、笑顔で二人のほうを向いた。「ジェニングズがシャンパンを持ってきてくれるよ」

ケイトは喉がつまって何も言えなかった。ケイトがジェームズに求婚させるためにダミアンとマットを利用したと想像できるのは、ダミアンがケイトを性悪だと思っているからだ。今はジェームズが兄であることより、ケイトがそんなふうに人を騙《だま》せるとダミアンに思われていることのほうが問題だった。

ダミアンは頭を振った。「遠慮する。もう帰るよ」

「でも、映画の話がまだだ」ジェームズが抗議した。

「現時点で必要なことは、ケイトから聞いているはずだ。残りの話は今じゃなくていい。

また連絡するよ」

「ジェニングズに送らせよう」

「ありがとう、でも一人で入ってきたんだから、一人で出ていける。ジェームズ、ケイトに話を聞いたほうがいい。僕が来たとき、マットの腕の中で何をしていたか」ダミアンはドア口で足を止めた。「ついでに、昨夜《ゆうべ》は誰のベッドで眠ったのかと、今朝、君のロンドンの家で僕たちが入浴したいきさつも。あの風呂の色は趣味がいいね、僕は暗い緑色が好きなんだ」

ショックと疑念に、ジェームズの目が丸くなった。「ケイト！」その視線はケイトに説明を求めていた。

「ダミアン、最低！」ケイトは声をつまらせた。

「まあね。何もかも思いどおりに行くとは思うなよ」

「今のは本当か？」ジェームズはケイトをにらんだ。

その声には当惑の響きがあり、ケイトは真っ赤になった。否定してもよかったが、ダミアンが言ったことの大枠は事実だった。ケイトは昨夜ダミアンのベッドで眠り、今朝は一緒に入浴した。どちらも大問題に聞こえるし、ダミアンもそれをわかっていた。

「その沈黙が答えじゃないか？」ダミアンはそっけなく言った。「じゃあ、ジェームズ。さようなら、ケイト。昨夜はありがとう、隅々まで楽しかったよ」

「おい――」

「落ち着け、ジェームズ」ダミアンは言った。「僕もマットと同意見で、ケイトにそこまでの価値はないと思う」ケイトを一瞥《いちべつ》もせず、部屋を出ていった。

「説明しろ、ケイト！」兄の表情はいかめしかった。

「何を説明するの？ ダミアンが全部言ったわ」

「つまり、あれは事実なのか？」

ケイトは頭を振った。「あのとおりではないけど」

「じゃあ、実際にはどうだったのか説明しろ」

ケイトは深く息を吸い、頭の中を整理した。「昨夜、ダミアンは私を自宅に連れて帰って――」

「お前は自分の家に行くはずだっただろう！」

「ダミアンの思惑は違ったの」ケイトはため息をついた。「いいから説明させて。君らの家に行くのは時間の無駄、シャワーを浴びて着替えるだけだからと説得されたの。家に帰るまでは問題なかった。ダミアンは自宅に直行して、抵抗できる状態じゃなかった私にキスをした。ダミアンはとんでもなくセクシーで、私じゃ歯が立たない。マットの家でお酒も――」

「ダミアンはお前を酔っ払わせたのか！」

「違う、ダミアンのせいじゃないの」ケイトは急いで言った。「私がお酒を飲んだとき、ダミアンは別の場所でマットと話をしてたわ。とにかく、ダミアンの家に戻ったときには、お酒が回り始めていたのよ」

ジェームズは両手を拳にした。「それで、ダミアンはそんな状態のお前をいいようにしたのか?」

「違うってば。早とちりしないで、最後まで話を聞いて!」

「わかった」ジェームズはむっつりと同意した。

「ありがとう。ダミアンが私とベッドをともにしようとしたことは否定しない……ジェームズ!」兄がまたも口をはさもうとしたので、ケイトはたしなめた。「ダミアンは私を求めていることを少しも隠さなかった。もし私が気を失わなければ、実際そうなってたと思う」

「なんてことだ! いったいどれだけ飲んだんだ?」

「マティーニ二杯とレモネードだけよ。レモネードは長いグラスに入ってるでしょう。そこに、バーテンダーがウォッカをたっぷり入れていたみたいなの」

「ダミアンのベッドで寝ることになったのはなぜだ? さっきあいつはそう言っていたと思うが?」

ケイトはうなずいた。「ダミアンに寝かされたから」

「そうか。それで、起きたときは？」

ケイトは赤面した。「一人だった。でも、ダミアンは……自分も一緒に寝たと言ってた。それから――」

「もういい！　あいつの誘惑の詳細は聞きたくないから、最後までされたのならそう言ってくれ」

「いいえ。ダミアンはひげを剃《そ》りに行って……私はあの人がいない隙にこっそり部屋を出たの」

「そのあと、一緒に入浴した？」

ケイトはまたも顔を赤らめた。「それも少し違うわ。私はダミアンの家を出たあと、うちへ行った。入浴してたら、ダミアンが入ってきたの。ああ、恥ずかしい。こんな話、もうしたくないわ。ダミアンが何を仄《ほの》めかそうとも、何もなかったのは事実よ。マットのことはもっと単純。いつものように迫られているところに、ダミアンが入ってきて止めてくれたの」

「ひどい週末だったんだな？」ジェームズの体から緊張が抜けていった。「ダミアンと行かせるんじゃなかった。軽率だったよ。あいつは信用できない」

「私、ダミアンのことは好きよ」ケイトは言った。

「本当に？　僕がお前と結婚すると思って激怒していたのを見ると、あいつもお前を好きなんだな」

「ダミアンが怒るのも当然よ。私があなたに求婚させるために、自分が利用されたと思ってるの。さっき彼が暴露話をしたのは、私に意地悪したかったから。あなたは将来の夫として、私の行動を責めるはずだもの」

「お前の兄としても、やっぱり責めるよ」ジェームズの顔に笑みが浮かんだ。「でも、お前が大丈夫だと言うなら、僕も忘れよう。ただ、これでいっそうお前の一人暮らしには反対せざるをえない」

「もう、ジェームズ！」ケイトは口をとがらせた。

「ダミアンはしばらく寄りつかないだろうけど、僕の結婚相手がシェリだと知れば、また戻ってくるよ」

それこそがケイトの望みだった。ダミアンの女になりたくはなかったが、彼をもっと知りたかった。どんな男性よりもダミアンに心を揺さぶられていて、最初の敵意は燃えるような好奇心へと変化していた。

遊び人の男を飼い慣らしたいという、太古からの女の切望だった。ダミアンは間違いなくそういう種類の男だ。誰にも責任を持たず、今後も持つことはない。一匹狼《おおかみ》の姿勢を貫きそうに見えた。

「どうかしら。女は追いかけないと言っていたから」

「それは、その必要がないからだろう」

「そうよ。だから、私が一人暮らしをしても、ダミアンが攻め込んでくることは絶対にない」

「だめだ」ジェームズは頑として拒絶した。

「じゃあ、誰かと住むのは？」ジェームズの表情が陰るのを見て、ケイトは笑った。「女性ってことよ！」

「ああ、なるほど。それも一案だ。候補はいるのか？」

「いいえ、でも広告を出してもいいし」ジェームズは態度を軟化させつつあるようだった。

三カ月後、ケイトはジョシー・ウォーカーという二十歳の女性とルームシェアをしていた。屈託のない、いつも笑っているような女性だが、道徳観念はとても強く、ジェームズを安心させてくれた。

ジョシーは有名人のジェームズ・セントジャストの前で畏縮していたが、二人ともすぐに彼女を気に入った。磨き上げた愛嬌《あいきょう》を発揮するジェームズの前で、ジョシーは気恥ずかしそうにほほ笑んでいた。

二人は三週間前、ジェームズが奇跡的に見つけたアパートメントに移り、ケイトは使用人がいる贅沢《ぜいたく》を恋しく思いながらも、行動を逐一ジェームズに報告しなくていい自由を満喫していた。

ジェームズは最近とても忙しく、兄としてケイトを監視することができずにいた。ダミアンの映画の撮影が始まる前に、舞台を千秋楽まで務めながら、結婚式の準備も進めなければならず、新婚旅行に一カ月行ってから仕事を再開すると宣言していた。

ジョシーは黒いベルベットのスカートがケイトの細い腰に張りつくのを見て、満足げにうなずいた。ブラウスは淡い小豆色で、これにそろいのジャケットをはおれば、結婚式にぴったりの服装になるはずだ。

「ジョシー、本当に来ないの？　披露宴だけでも？」ケイトは髪にブラシをかけ始めた。

長い黒髪を木のクリップでうなじにまとめ、スリムな体にデニムと長袖のスモックをまとったジョシーは、首を横に振った。「映画スターやモデルに囲まれたら落ち着かなそうだもの」

「ほとんどの人が普通よ」ケイトはそう言いながらにやりとした。変わり者を二人ほど思い出したのだ。

「ううん、やめておく。ミスター・セントジャストが招待してくださったのは嬉《うれ》しいけど、ポールがいい顔をしないだろうし」ポールは三十歳の若さで取締役を務めるジョシーの上司で、ジョシーは仕事上の関係が私的な関係に進展することを望んでいた。

「そっちはどうなの？」ケイトはたずねた。

ジョシーはブラシを取り、ケイトの髪をとかし始めた。「実は、夕食に誘われてるの。それもあって午後は出かけたくないのよ。ポールの心をつかむための身支度をしたいから。完全装備で行くわ。フェイスパック、ヘアセット、フルメイク、新しいドレス」

「ポールはとんでもない女性につかまったわね」ケイトは笑い、ジャケットの上にきれいに広がった髪に満足した。今ではいつも髪を下ろすようになっていた。手間は増えるが、ダミアンがその髪型を好きなのだ。

ダミアン。この数カ月間、何度も彼のことを、キスを、愛撫《あいぶ》を、自分の体に押しつけられるたくましくしなやかな体を思い出した。ジェームズの話だと、ダミアンは一週間前からイギリスにいるようだったが、兄の家を二度訪ねても彼には会えなかった。

「きっと楽しんでくれるわ」ジョシーは笑った。

「そうね」ケイトも笑った。ジョシーは面白い人で、ケイトは彼女との生活を心から楽しんでいた。コーヒーを飲んでおしゃべりをするだけで夜ふかしすることもあった。ジョシーは退屈や不機嫌とは無縁の人で、彼女といるとケイトもそうなれた。ケイトは後ろに下がり、同意を求めてジョシーを見た。「どう?」

「最高」ジョシーは熱を込めて言った。「私もそんなにきれいな赤毛だったらよかったのに」

「激しい気性もついてくるわよ」ケイトは腕時計を見た。「タクシーが下で待ってるわ。

もう行くわね」
「楽しんで！」
楽しめる自信はなかった。ジェームズの友達全員と仲がいいわけではないし、好きな人もいたが、二人きりになりたくない人のほうが多かった。ジェームズも新婦と過ごすのに忙しく、ケイトの相手をする時間はないだろう。ジェームズとシェリは新婚旅行の出発地のヴェネチアに飛ぶために早めに帰るだろうから、ケイトも披露宴に長居はしない予定だった。

結婚式はロンドンの登記所でひっそり行われる予定で、招待客も二十人程度だったが、ロンドン有数の高級ホテルの巨大な宴会場で開かれる披露宴には何百人も集まることになっていた。ケイトは式の立会人の一人だったため、遅れるわけにはいかなかった。シェリの弟のトニーがもう一人の立会人だった。

ケイトが着いたときには、すでに全員が待っていた。結婚式の情報がもれたらしく、入り口の前に人だかりができ、そのせいで起こった渋滞にタクシーが巻き込まれたのだ。ジェームズ本人の意向は別でも、エージェントは宣伝になると思ったのかもしれない。

ケイトはジェームズとシェリの頬にすばやくキスできただけで、式はすぐに始まった。一人暮らしを始めたこと以上に、兄の結婚式には感情が高ぶった。ジェームズはケイトだけの兄ではなくなり、今後は妻への責任を第一に背負うことになるのだ。ケイトもシェリを愛していたし、家族になることを歓迎していたものの、涙はこらえきれなかった。

兄夫妻を披露宴に送り出したケイトは、自分のアイドルとその新妻の有名モデルを見ようとするファンの群れに押しつぶされそうになった。小突き回され、今にも倒れて踏まれそうだ。

「ケイト、僕につかまれ」聞き覚えのあるしゃがれた声が耳元でささやき、二の腕を強くつかまれた。「後生だから泣くのはやめろ！　恥をさらすな！」

たちまち涙は止まり、ケイトはダミアンを振り返った。ああ、白ずくめのダミアンはなんてかっこいいの。たくましい肩にジャケットが張りつき、日焼けした肌はどこか異国風だ。たとえ今のように怒っていても、ダミアンの容姿はいつでも刺激的だった。

「ダミアン」彼に会えて嬉しいのかどうかわからず、ケイトはそっとつぶやいた。この数カ月間、会いたくてたまらなくなったことは何度かあったが、こんなふうに急に彼と対峙《たいじ》させられ、すっかり動揺してしまった。結婚式の間も彼はいたはずだが、ケイトは気づいてもいなかった。そこに立つダミアンはとても背が高く、洗練されていて、完全に自制のきいた男性だった。「来てたのね」ぎこちなく言う。

「気づかないのも無理はない」ダミアンはそっけなく答え、自分に気づいて唖然《あぜん》としている人々には目もくれず、ケイトを引きずっていった。「君は新郎に……そして、新婦にしか目が向いていなかった」

二人は静かな脇道に停《と》めてある、持ち主と同じくらい人目を引く流線型の車のもとに行った。ダミアンはケイトを車内に押し込み、黒い窓越しに自分たちを物珍しそうに見つめる大勢の前から走り去った。

「結婚式も出ないかと思っていたのに、まさか立会人を務めるとは。君は何だ、マゾヒストなのか?」

「違うわ」ケイトは咳払《せきばら》いをし、ぴりっとしたアフターシェーブローションの香りを愛《いと》おしく思った。ダミアンといることには喜びも不安もあったが、何よりも彼の完璧な男らしさと色気と威圧感が強く意識された。「ジェームズに頼まれたから――」

「引き受けたのか!」ダミアンは冷ややかに続け、緑の目でケイトを容赦なく眺め回した。

「よくそんなことができたな? プライドはないのか?」

「プライドならある――」

「自分が花嫁になるはずだったのに、とは思わないのか?」ダミアンは口をはさんだ。

「何も感じないのか?」

ジェームズの大嘘《おおうそ》のせいだ! ダミアンは今もケイトがジェームズと結婚するつもりだったと思っている。「感じたわ、泣くのを見たでしょう」

「大金が別の女に渡るのを見るのはつらいだろう。ジェームズがこれほど思いきったことをするとはな」

ケイトはため息をついた。「今度はどういう意味？」

「おい」ダミアンはケイトの質問を無視した。「シェリはジェームズが反動で求婚したと知っているのか？」

ケイトはあえいだ。「そんなことしてない！　あの二人がどれだけ幸せそうか、さっき見たでしょう？」

「幸せそうには見えた。ジェームズはついに君への執着を捨てたってことだろう。僕が帰ったあとに何があった？　あいつは婚約を破棄して君を奪ったか？」

「あなたならそうしてたでしょうね」

「ああ。誰もが無料で手に入れているものに、なぜ結婚指輪という代償を払わなきゃいけない？　しかも、それ以外に君への執着を捨てる方法はない」

「ジェームズはそんなことしてないわ」

「愚かな男だ」ダミアンはぶつぶつ言った。「君が僕に抱かれた事実を受け入れられなかったんだろうな」

「そんな事実はないから！」

「ジェームズが信じたはずがない」

「どうして？　私が嘘をつく理由はないでしょう」

ダミアンは冷笑を浮かべた。「結婚指輪以外にはな。なぜ急に結婚指輪がそんなに大事

「になったんだ?」

「もともと大事だけど」ダミアンの決めつけには辟易(へきえき)したが、ケイトはため息をつくしかなかった。

ダミアンは助手席のドアを開け、車のキーをドアマンに渡してから、ケイトをホテルにエスコートした。応接室に入ると、ジェームズとシェリが客に挨拶をしていて、客はすでに大勢集まっていた。二人が一緒にいるのを見て、ジェームズの顔は曇った。

「どこにいた？　トニーが送ると言ってあったじゃないか」

「ダミアンが送るってしつこいから」

ジェームズはダミアンを、まるで初めて気づいたかのように鋭く見た。「ダミアン」

ダミアンはジェームズと固い握手をし、不満げな顔の前でのんきにほほ笑んだ。「ケイトが君に放っておかれているのを見つけたものだから」

「そうか」ジェームズは言い、いらだたしげに向きを変えた。「ケイト、母さんと顔を合わせないようにするんだ。喧嘩《けんか》を売られるぞ。今日は不機嫌そうな顔をしている。僕の友達の派手さが気に入らないんだ。お前を標的にすると決めたら大変な目に遭うよ」

「ケイトは僕と一緒にいる」ダミアンは横柄に言った。「僕が君のお母さんからケイトを守れるだろう」

ジェームズは笑った。「君は僕の母を知らない！」

「知る必要はない。とにかく僕に任せてくれ」ダミアンはまたもケイトの腕を強くつかんだ。「ほかの客が挨拶できるよう、僕たちは移動しよう。いいか？」

「ええ」ケイトは兄をハグし、シェリに小声で言った。「あなたがお義姉《ねえ》さんになってくれて嬉しい」

「ありがとう」シェリは恥じらい気味にほほ笑み、その表情は花嫁らしく美しかった。

「なぜジェームズの母親に嫌われてるんだ？」二人とも飲み物を手にしたとたん、ダミアンがたずねた。

ケイトはためらった。「とにかく……そうなの」

「理由は想像できる気がするけどね」

私だって想像できるわ！「私がジェームズに放っておかれてるのを見つけたっていうのは、どういう意味？」

ダミアンは肩をすくめ、グラスを傾けながらほかの客を見回した。「だって、事実だろう？」

「ええ、でも……私を見つけようとしてたの？」

「言っただろう、僕は君が欲しいし、君を手に入れるためなら何でもするって。ジェームズは君の住所を僕に教えてくれなかった。でも、君がいずれ姿を現すのはわかっていた。君みたいな女はそうなんだ」

「私みたいな女？」ケイトは顔をしかめた。

「ああ。すぐに次の金持ちの恋人を探し始めるってことだ。僕はただ、その場に居合わせればいい」

「もう――」

「まあ、キャサリン」白髪まじりの髪を完璧にセットした長身の女性が、息子そっくりな灰色の目をとがらせ、冷ややかな軽蔑の表情で近づいてきた。

「こんにちは」ジェームズの母と会ったときの常として、ケイトは萎縮した。「すてきな結婚式でしたね」

「とっても」ルイーズ・セントジャストは同意した。「ジェームズが賢い女性を選んでくれて嬉しいわ。あなたが息子と住んでいるのはどうかと思っていたから。とりあえず、家は出たのよね。ジェームズからの金銭的支援は続いているにしても」

「金銭的支援は受けていません！」ケイトはダミアンにこんな場面を見られることを恥ずかしく思った。

ルイーズが近づいてきた時点で、ダミアンは身をこわばらせていたが、今や恐ろしい形相をしていた。だが、ケイトは個人的に、ルイーズが自分に辛辣な態度をとるのは仕方がないと思っていた。突然夫と別の女性の間の子供が目の前に現れたうえ、息子は自分の怒りを共有してくれないのだから。

ケイトはこの四年間、ルイーズとこの種の口論を何度もしていて、不快ではあったものの、理解はしていた。だが、ダミアンの前となると話は別だ。今のところ、ルイーズはケイトがリチャード・セントジャストの婚外子であることには触れていないが、いずれその話を持ち出すことはわかっていた。

「仕送りの理由はご存じでしょう」ダミアンの鋭い視線を意識し、ケイトは静かに言い返した。

「もちろん。ジェームズがしょっちゅう突きつけてくるもの。あなたが結婚式の立会人を務めたのも気に入らない。結婚を理解できているとは思えないわ」

「私は結婚を肯定しています。誰もが結婚できるとは思っていないだけで」ケイトの母、アンジェラ・スティーヴンズがリチャード・セントジャストと出会ったのは、彼の正規の秘書が病欠中に臨時秘書として雇われたときだった。二人は惹《ひ》かれ合ったが、リチャードが既婚者だったため、抗《あらが》おうとした。

だが、ロマンスは避けがたく、妻が情事に気づいて別れるよう要求するまでの数カ月間続いた。リチャードは離婚を求めたが、ルイーズは突っぱねた。

四十歳のリチャードに対し、まだ二十歳だった母が、その時期、心にひどい傷を負ったのは想像がつく。そのうえ、ルイーズがアンジェラの家に押しかけ、夫の人生を台なしにしたとなじったことで、傷はいっそう深くなった。アンジェラは繊細で内気な性格で、洗練された有名人であるリチャードへの圧倒的な恋心だけが、道徳上の過ちを招いた。その過ちの代償は大きく、子供が生まれたが、ケイトの誕生はすでに決別していた父親には知らされなかった。

ルイーズがどう思おうとも、母は妊娠を盾にリチャードに妻子を捨てろと迫るような女性ではなかった。母は父の人生から静かに立ち去り、自分の死後に子供の世話を父に託すまでは連絡を絶った。

だが、これほど年月が経《た》った今でも、ルイーズは許すことも忘れることもできず、情事から生まれた子供に自分の怒りと恥辱をぶつけている。ケイトは慣れっこだったが、ダミアンの前では許せなかった。

「そうね」ルイーズは同意した。「あなたみたいな女は他人《ひと》の夫が好きだもの。ジェームズも今後は、あなたとかかわらずにいてくれるといいんだけど」

「それならご心配なく」ダミアンが初めて口を開いた。「ごらんのとおり、ケイトは僕と一緒ですから」

灰色の目がダミアンをとらえると、嘲笑が消え、美しいが年老いた顔に笑みが広がった。

「まあ、ミスター・サヴェッジ！　息子から話は聞いてるわ」

「本当に？」ダミアンはそっけなく返した。

「ええ。許してね、キャサリンと私はうまが合わないの。私の家族をご存じなら、理由はおわかりよね」

「ええ、まあ。でも、ケイトは今は僕といるんです」ダミアンはぴしゃりと言った。「ジェームズは妻の面倒を見ればいい。ケイトは僕が面倒を見ますから」

ルイーズはケイトをにらんだ。「変わらないわね……あなたもアンジェラも、道徳観が野良猫並み！」

ケイトは頬が真っ赤になった。「もうやめて！」自分はよくても、母が侮辱されるのは許せなかった。

「そのへんにしてくれ」ダミアンが静かに――あまりに静かに、刃物のような目で言った。「ミセス・セントジャスト、ここは立ち去られたほうが賢明でしょう。僕たちの堕落した道徳観に汚されますよ」

ダミアンの嫌みにルイーズは口元をこわばらせ、つんとしてうなずいた。「そうね。ごきげんよう」

ダミアンは険しい顔でルイーズの後ろ姿を見送り、冷ややかに言った。「感じの悪い女だな。君を心底嫌っているようだ。大事な息子を君に取られたからか。一人っ子の母親というのは、そういうタイプが多そうだ」

その言葉の皮肉に、ケイトは笑いそうになった。ルイーズがこれほど憤慨しているのは、ジェームズが一人っ子ではなかったからだ。息子の愛情の一部を愛人の子に取られるのが耐えられず、ケイトの母親に向けていた憎しみを、今はケイトに向けている。

「あなたのお母さんも？」ケイトは思わずきいた。

ダミアンは薄く笑った。「母は正反対だ。どこかの不運な女性が僕をつかまえたら、高笑いするらしい」

「不運な女性？」

「ああ。サヴェッジ家の男が遊び人なのは有名だ。恋をしたら独占欲が強くなること、結局は恋をすることも。僕は人一倍時間がかかっていて、母はそれが気に入らない。孫を持つという自分の計画を、一人っ子の僕がじゃましていると思っているんだ」

「じゃあ、どうしてあなたは結婚しないの？」

「僕も結婚したいと思えばするけど、親を喜ばせるためにはできない。女性は大勢知ってるけど、恋をしたことはない。僕が恋する女性はまだ生まれていないのかもしれない。性欲だけじゃ恋愛はできないようだ」

そのとおりね。ケイトは自分がダミアンに恋していると気づいたときからそう思っていた。突然、思いがけず恋に落ちることがある。最初は敵意を、恐怖さえ抱いていても、それが目のくらむような恋心へと変わるのだ。確かに、ケイトは文字どおりの意味で彼を求めていたが、一緒にいるだけでも楽しかった。だが、ダミアンはケイトを奔放な女だと思い込み、恋する相手とは思っていない。

「少しは人の輪に入ったほうがよさそうだ」ダミアンはそっけなく言った。「でも、僕から離れるな。シェリとジェームズが帰ったら、すぐに君を家に送る。話さなきゃいけないことがたくさんあるからね。君はいつから僕と暮らしてくれるのか、とか」

# 6

ケイトはきっぱりと首を横に振った。「私は誰とも暮らさない。今は解放されたばかり――」

「恋人から」ダミアンはしゃがれた声で言った。

「男性から」ケイトはダミアンを無視して続けた。「その自由をほかの男性の気まぐれや要求のために手放したくない。ジェームズも横暴だったけど、あなたはもっとひどそうだもの」ケイトはダミアンを恋人にしたくなるだろうし、それが実現したら、どこまでも彼の奴隷になるに決まっている。

ダミアンはいらいらと言った。「その話はあとだ」

「あなたの家には行かない」ケイトは言い張った。

「わかってる。君の家に行こう。住所を知りたい。唯一その情報を持っているジェームズが極端に非協力的だからな。教えたくないとはっきり言われた」

「ジェームズも私と同じで、あなたの興味が性的なものにすぎないと気づいているんでしようね」

「だから？　ジェームズは君を囲ったままシェリを妻にはできない。仕送りの話は本当か？」

「ええ」正直に答える。

「今の家の家賃もあいつが払ってるのか？」

「ええ」

ダミアンの顔が険しくなった。「やめさせろ。僕は自分以外の誰にも君を囲わせたくない。ああ、もう！　ダイアナ・ホールが来た。今回は喧嘩《けんか》しないでくれ」

ダイアナ・ホールは青い目でダミアンを見つめながら、二人のほうに向かってきた。ケイトは意識して顔を上げた。「あなたを満足させるつもりはないわ」

「君にはそういう満足は求めていない」ケイトの上気した頬を見て、ダミアンは笑った。

「いい子にしてくれ」彼にからかわれ、ケイトはいっそう憤慨した。

唇を結び、怒りの反論をこらえる。自分がいとも簡単にダミアンに心を乱されるさまを見せたくなかった。ダイアナは近くまで来ていて、ダミアンの曲げた腕に腕を絡め、なれなれしくもたれかかった。ほかの女性がダミアンにまとわりつく姿にケイトは気分が悪くなり、あとで後悔するようなことを言って恥をさらす前に、この場を去らなければと思った。

「ジェームズとシェリに会いに行ってくる」ダイアナに耳元で何やらささやかれ、ダミアンが喉の奥でたてた笑い声を、ケイトはさえぎった。

ダイアナは笑うのを一瞬やめ、ケイトをじろりと見た。「結婚式の日くらいそっとしておいてあげたら？　せめて新婚旅行から帰るまで待てないの？」

ケイトは怒りを抑えきれなくなった。ついさっきはルイーズに辛辣に責められ、今度はダイアナになじられているのだ。「失礼するわ」冷静な声で言う。

遠くまで行かないうちに腕を強くつかまれ、ケイトはあきらめてダミアンを振り返った。ダイアナは二人を興味津々に見ていて、見物人はほかにもいた。

「どこに行くつもりだ？」ダミアンは問いただした。

「言ったでしょう、ジェームズとシェリのところよ」

「ただでさえ君が来てることが噂《うわさ》になってるのに？」

ケイトがダミアンの手を振りほどくと、彼の目は怒りに燃えた。「私はあなたにも、誰にも自分の行動を説明する義務はない。自分が会いたい人に会うわ」

「そうか、口を出す権利は僕にはないようだ……今のところは。でも、君は僕が送るから、こっそり姿を消すのはやめろ。僕は裏をかかれると容赦しないぞ」

「でしょうね！」

「とにかく、それは覚えておけ」

「そうするわ。お友達と仲よくね」ケイトはあざわらった。

「妬《や》いてるのか?」ダミアンは挑発した。

図星だが、それを認めるつもりはなかった。「全然。そんな役に立たない感情は時間の無駄。ねえ、ジェームズとシェリが帰る前に会いたいのよ」

「わかった。でも、一人で帰るんじゃないぞ」

ケイトは勝ち気に顔を上げ、兄とシェリの控え室に向かった。そこで個人的に二人を送り出したかった。ほかの客の前でお幸せにとは言えない。

シェリの笑い声が聞こえ、ケイトはためらいがちにドアをノックした。ノック音に室内は静まり返り、ケイトは自分の愚かさに赤面した。幸せな男女が夫婦になって初めての二人きりの時間なのだから、ケイトに押しかけてきてほしくはないだろう。

ケイトがきびすを返そうとしたとき、赤い顔のジェームズがドアを開けた。「ケイト!」ほっとしたように笑う。「ホテルの従業員かと思ったよ。入って」

ケイトはためらった。タイミングを間違えたのは明らかだった。「あとで、下に来たときでいいわ」

「何言ってるんだ! さあ入って」

「ううん、私……」

シェリがドア口に来てにっこりした。「入ってよ、水くさい。ジェームズはずっと私を待ってくれたんだから、ヴェネチアに着くまでも待てるわ」

　ケイトは言われたとおり中に入り、シェリが旅行用に選んだ体に張りつく真っ赤なドレスにうっとりした。「きれいよ、シェリ」再び目ににじんできた涙をまばたきで押しやる。「結婚式でもすてきだった」

「ありがとう。あなたも今日はとってもきれい」

　ジェームズは二人に顔をしかめながら、紺のシャツのボタンを留めた。「今はそんな話はいい。僕はダミアンの件を忘れていないし、忘れるつもりもない。ここにあいつと来るなんて、どういうつもりだ？」

「それは――」

　ジェームズはケイトをさえぎった。「結婚式に招いていたことも知らなかった。僕は招待した覚えはない」

「私よ」シェリが口をはさんだ。「先週、ベンのパーティに来ていたから、礼儀だと思って声をかけたの。だって、あなたは新婚旅行から戻ったら、あの人と仕事をするわけだし……」シェリは言葉につまり、訴えかけるように夫を見た。「ごめんなさい、ジェームズ」

　ジェームズはしかめっつらをやめた。「いや、気にしないでくれ、大丈夫だから」励ますようにほほ笑む。「僕も知っておきたかったと思っただけだよ」

　ケイトは肩をすくめた。「知っていたらどうなったの？　どっちにしても私たちは顔を合わせたわ」

「ああ、顔を合わせるのは避けられない。でも、シェリの弟にお前を見張ってもらうことはできた」

シェリは笑った。「トニーがダミアンからケイトを守れると思う？」

「たぶん……無理だろうな」ジェームズは認めた。

「絶対に無理よ」シェリは訂正した。

「そうね」ケイトは同意した。「ジェームズ、あなたのお母さんでさえ、少し圧倒されていたのよ」

「なんてことだ！」ジェームズは心配そうな顔になった。「母さんはお前に話しかけたのか？」

「ええ。そんなにひどくはなかったけど」嘘《うそ》だ。「私はあなたたち二人に挨拶をしに来ただけなの。じゃましたくないわ」

「話をそらすな。母さんは不機嫌だったはずだ」

「不機嫌ではあったわ。でも、私たちの関係はばらさず、実際以上に悪く言っただけよ」

「それで、ダミアンは今どこだ？」

「下で、私を送ると言って待ってるわ」

「あいつに送らせるな！」ジェームズは怒った。「前回二人きりになったときに起こったことを考えろ」

「起こりそうになっただけよ」

「そうだな。まったくもう、僕はあえてお前の住所を教えなかったのに、ダミアンはさらっと現れてお前と一緒に帰るんだ。お前はあいつの誘惑を拒めないんだから、あいつに送らせてはいけない」

「ジェームズ！」シェリはぎょっとしていた。「ケイトは大人よ。あなたに指図される筋合いはないわ」

ケイトはため息をついた。「昔からこうなの」

「じゃあ、もうやめるときよ。永遠にケイトの人生を支配できるわけじゃないもの。私もそうだったけど、ケイトもこの世の狼《おおかみ》について自分で学ばないと。困ったことに、私は結局、狼と結婚してしまったのだけれど」

ジェームズは笑った。「君と出会って、僕は改心した」

「じゃあ、ケイトもダミアンを改心させられるかも」

「いや。ダミアンは飼い慣らせるような男じゃない」

「ジェームズ、私の住所をあえて教えなかったと言ったわね」ケイトはゆっくり言った。

「きかれたの？」

ジェームズはうなずいた。「二回もね。教えなかったよ」

女を追いかけない主義の男性にしては、画期的な行動に思えた。その行動をケイトは後押ししたかった。「でも、このあと知られるわ。ダミアンは私を送りたがってるし、私も送ってもらいたいから」

「そんなことはさせない――」

「私はそうするつもり」ケイトは断言し、ドアに向かった。「準備があるでしょうから、もう行くわ」

「ケイト――」

「そうね」シェリが割って入り、輝く笑顔をケイトに向けた。「新婚旅行中、この色男のお兄さんに、あなたはもう大人なんだって言い聞かせるわ」

「大人なのはわかってる。だから心配なんだ。ケイトが自分の身を守れないことは確かだから。少なくとも、ダミアンが相手だと……そうだよな？」

ケイトは頬を赤らめた。「私も努力はしてるの」

「わかってる」兄は優しく言った。「用心しろよ」

「悪いことをするときには？」ケイトはちゃかした。

ジェームズはばつが悪そうな顔になった。「そういう意味では……いや、そういう意味だ！　用心しろ」

「わかってる。私の生まれを考えたら当然よ。これ以上、婚外子を増やしたくないもの。

「はい、ダミアンの話はここまで」ケイトはにっこりした。「私は二人に挨拶しに来ただけだし、それはもう終わったから」

「ドアまで送るよ」ジェームズは上着をはおった。

兄は廊下までついてきて、探るようにケイトを見た。ケイトはせいいっぱいにこやかな顔をしたが、またも涙があふれそうだった。ジェームズはケイトの唯一の家族なのに、これから数週間会えないのだ。

ケイトは爪先立ちになり、ジェームズの頬にキスをした。「気をつけてね、ジェームズ。幸せになって」

「ありがとう」ジェームズはぶっきらぼうに言った。「ダミアンに気をつけるんだぞ。帰国したとき、お前があいつの新たな女になっているのは見たくない」

ケイトは笑った。「そんなことがあると思う?」

「僕がここで目を光らせていなければ、あると思う」

「あなたが戻るまでいい子でいられるようにするわ」

「何か……方法は――」

ケイトは頭を振った。「シェリと新婚旅行に行きながら私とも一緒にいる方法なんてないわ。あなたが帰ってきたときも、私はここにいるから大丈夫」

「でも、状況は変わる。この数週間、お前に会えなくて実に寂しい思いをした。長い間一緒に暮らしてきたから、お前が近くにいることに慣れすぎたんだ」

「でしょうね」ケイトはそっけなく言った。「私がいるのが当然だと思うようになってたんでしょう」

「たぶん。でも、お前が近くにいて嬉《うれ》しかったよ」

「私は別の家に住んでいるだけで、今もあなたの近くにはいるわ。いつでも訪ねてこられる」

「まあね。実際、帰国した当日に会いに行くつもりだ。今夜、ヴェネチアに着いたら電話するよ」

ケイトは兄をじろりと見た。「なぜ？　無事到着を知らせるため？　私が家に一人だと確かめるため？」

「両方だ」ジェームズは即答した。

その正直さに、ケイトは笑った。「じゃあ、また。楽しんで！」再び伸び上がってキスをする。「私がまた泣き出して恥をかく前に、シェリのもとに戻って」

「わかった。でも、気をつけるんだぞ」

「ええ」ケイトはドアを開け、兄をそっと室内に押し戻した。「愛してる、幸せになってね」

「ありがとう、ケイト」

ケイトはドアを閉め、気を静めようと向きを変えた。目の前にダミアンの顔があった。

「あ……」

「ああ」ダミアンの目には軽蔑がにじんでいた。「君は本当に変わってる。ジェームズは新婚で、ドアの向こうで花嫁が待っているのに、君はここであいつにキスして、新婚旅行のあとに会う約束をしていた！」

ケイトの目は苦痛に陰った。「それは違――」

「違わない！　僕はさっきからここにいて、全部聞いてたんだ。シェリがかわいそうじゃないか。君のことを知るにつれ、ますます理解できなくなるよ」

「あなたが知ってると思ってるのは、本当の私じゃないわ」ケイトはため息をついた。「私の言葉を解釈したいように解釈して、見たいものを見てるだけよ」

「ほかの見方はないだろう。ここから出るぞ」ダミアンは急にいらだたしげになった。「僕は結婚式を楽しむタイプじゃない。普段はできるだけ避けている」

「気づいてたわ」

「行くぞ。ジェームズにもう用はないだろう？」

「ジェームズがあとで下りてきたとき、私がまだいると期待するかも」

ダミアンはケイトを出口に引っ張っていった。「そう思わせておけ」むっつりと言い、車を回すよう指示する。「自分の女を誰かと共有したくない！」

ダミアンはあえぐケイトを車内に押し込み、不機嫌な顔で運転席に座った。「あなたの女じゃないわ！」

「そのうち、そうなる。君は僕とつき合っている間、男は僕一人だ。わかったか？」

「その話はやめて。私はあなたの愛人にはならないし、あなたと暮らすつもりもないから」

「言うとおりにしろ！」ダミアンの凶悪な視線は目の前の道路に注がれていた。「住所は？」

「そんな言い方はやめて！　私はあなたのものじゃない」

「ああ、でも今後はそうなる。人間関係について君に教えたいことがある。ジェームズは結婚したんだから、そっとしてやれ。彼は男だから、自分から君に別れを告げはしない。それは君の役目だ。手始めに、今夜のジェームズの電話に出なければいい」

「いやよ！　何があったのかと思って心配するわ」

「君が電話に出なければ、何があったのかは彼にもわかる。君は僕と一緒なんだと。それに、結婚初夜には愛人の心配以外にやることがある。シェリはお人好《ひとよ》しではないだろうに、君たちの関係を許しているのが驚きだ。シェリに罪悪感はないのか？」

「私のいいところを探そうとしてるの？」ケイトはかっかしながら言った。「あなたみたいに事実をねじ曲げて理解する人には、何も見つからないと思うわ」

「自分の欠点を僕の性格のせいにするな。住所は？」

ケイトはしぶしぶ教えた。ダミアンに歯向かうのは難しい。あまりに強引で、魅力的なのだ。この数週間、ダミアンに惹《ひ》かれる気持ちは少しも薄れず、いっそう魅力を感じるほどだった。それでいて、どこか怖くもあった。恋心と恐怖を同時に抱くとは、どういうこと？　ケイトは急に、その二つの感情が深く結びついていることに気づいた。ダミアンに恋しながらも、彼が自分に行使する力を恐れている。

リチャード・セントジャストに対する母の思いもそうだったのかと思うと、ケイトはこのような恋は避けたかった。母がどんな目に遭ったことか。

ケイトは安定した恋愛を、学校の友達が話していたような、退屈で日常的な恋を、彼女たちの両親が互いに抱いているような愛情を求めていた。つかみどころのないダミアンに恋をし、感情の波に打ちのめされ、いずれ切り裂かれるのはごめんだった。

ケイトはずっと、恋人に対する母の感情を軽蔑し、既婚者に恋をするのは意志が弱いせいだと思っていた。だが今は、母がその活力ある男性に惚《ほ》れてしまったこと、彼の腕の中で一晩過ごすためならどんな道義も犠牲にするほどの誘惑を感じたことがよくわかる。だが、相手がダミアンだろうと誰だろうと、自分も同じ罠《わな》に陥るつもりはない。

二人が到着したとき、アパートメントは散らかっていた。ジョシーが頭のカーラーを必死に外しながら飛び出してきた。「ケイト！　何もうまくいかないの！　髪は乾かないし、ネイルはよれちゃったし、なぜだかドレスは裾がしわだらけ。これじゃ、間に合わない！」

「落ち着いて。いつもはしっかりしてるでしょう」

「いつもはね」ジョシーはうなった。

「とにかく、落ち着いて。あなたは髪をとかしてネイルを直して。服は私がアイロンをかけるから。あのお粗末なたんすのせいよ。高さが足りないの」

ジョシーの顔からパニックの色が消えていった。「ありがとう、ケイト。大好きよ！」

ケイトはスーツの上着を脱ぎ、木のヘアクリップで髪を留めた。「二分もかからないわ」

「ケイト？」

低く伸ばすようなその声に、ケイトははっとして顔を上げ、ジョシーも驚いた顔になった。ダミアンが緑の目を細めて二人を見ていた。ケイトは彼の存在を忘れていた自分が信じられなかった。ずっと忘れようとしていたせいかもしれない。

「ダミアン。一分もかからないわ。ほら、ジョシーの準備が終わってないの」ケイトは肩をすくめた。

「ああ、それはわかる」ダミアンはゆったりと言った。「ただ、ジョシーとはどなたかなと思って」

「ルームメイトよ。ジョシー、こちらはダミアン・サヴェッジ。ダミアン、ジョシー・ウォーカーよ」

ダミアンは礼儀正しく手を差し出した。「はじめまして、ジョシー」ジョシーのほっそりした手を見下ろして言う。「ネイルはきれいに塗れていますよ」

ジョシーはダミアンの魅力にぼうっとなり、急がなければならないことを一瞬忘れ、顔を輝かせて彼を見上げた。「ダミアン・サヴェッジなのね！　ケイトと暮らすのは刺激的だわ。大勢の有名人に会えて」

ダミアンはからかうような目をケイトに向けた。「そうでしょうとも。ケイトは人気がありますから」

「ええ。ケイトは――」

「ジョシー、ドレスにアイロンをかけてくる」ケイトは口をはさんだ。「髪をセットしないと遅れるわよ」

「そうね！　ミスター・サヴェッジ、失礼しますね」

「どうぞ。僕のことはダミアンと呼んでください」

十分後、ジョシーは香水の香りを振りまき、艶やかな黒い巻き毛を揺らしていた。ダミアンに褒められると顔を輝かせ、チャイムの音で外に飛び出していった。

ダミアンはほほ笑んだ。「いい子だ。かわいらしい」

「本人に伝えておくわ。大喜びするでしょうね」

ダミアンは唇を引き結んだ。「ただ、どういう人なのか気になって。ジェームズはここにハーレムを作ってるのか？　ジョシーも彼の女なのか？」

突飛な発想に、ケイトは笑いそうになった。「ジョシーはいい子だと言っておいて、もう侮辱するの？」

「どうなんだ？」

「ジョシーは単なる私のルームメイトよ。今夜は上司との大事なデートだから、おめかししたかったの」

「まともな男なら結婚したいと思うだろうな。今時、あんなにさわやかな顔をした娘はそういない」

「ポールもそう思うでしょうね」ケイトはそっけなく言った。「少なくとも、今夜が終わるまでには」

「ジョシーはその男をものにするつもりなんだな？」

ケイトはむっとした。「あなたって何でもちゃかさずにはいられないの？　ジョシーはポールに恋をしていて、だから結婚したいと思っているだけよ」

「かわいい子だ。なぜ君はあんなふうになれない？」

「あなたがそう思いたくないだけで、私もジョシーのような女よ」

「僕もそう思いたいよ。君が見かけどおり無垢《むく》だと判明するのが何よりの望みだ。その場合、興味は失うだろうけど。処女を食い物にするつもりはないから。でも、実際の君は大違いで、処女のふりをするのが好きなだけだ。僕はもうそのゲームには飽き飽きだ。今も君が欲しくてたまらないと、正直に言ってるだろう。それ以上の告白が必要か？　君を落とすには、あと何があればいい？」

ケイトはダミアンの目に浮かぶ欲望から顔を背けた。「私は誰にも落とされない」静かに言った。

「いいか、君はジェームズと暮らしていた――」

「そういう関係はなかったの。寝室も別だったし」

「わかったよ」ダミアンはケイトを制した。「でも、なぜジェームズとは暮らして、僕とは暮らさないんだ？」

ケイトは笑った。「答えはわかってるでしょう」

「何を恐れている？」ダミアンは問いただした。「過去にどこかの男に脅されて、望まない状況を強いられたか？　なぜ男を嫌う？　最近何かあったんだな」

ケイトは頭を振った。「違う。私が男性の不道徳さを知ったのは子供のときよ。あなたが好むような男女関係の結末が、それで傷つく心が想像できる？」

「最初から話がついていれば、恋愛や結婚の方向には向かわない」ダミアンは目を細めてケイトを見た。

ケイトは哀れむようにダミアンを見た。「話がついていたら、そんな感情が生まれることはないと思ってる？　もしそうなら、あなたは実はあまり女を知らないのよ。女は体じゃなく心で考える。心は体の結びつきに影響を受ける……少なくとも、私はそう」

「君も僕を求めてるなら、言葉でごまかすのはやめろ。君が僕と数週間、条件なしで暮らしてもいいと思うなら、そうしよう。僕は君に何も求めないから」

　その案には惹かれたが、ケイトが自分を信用できない以上、うまくいくはずがなかった。ダミアンもいずれはベッドをともにしたがるだろう。「あなたが求める必要はないの。理由はわかるわよね」

「君も僕を求めているからだ！」ダミアンは憤慨した。「それ以外に僕が君にあげられるもの、君が僕に求めるものがあるとは思えない」彼の顔は怒りで不吉な陰を帯びていた。

「僕は自分が求める体を手に入れるためだけに、誰かと結婚するつもりはないんだ」

「あなたにはそれだけのことなのよね。そういう関係の先にあるものを考えたことはある？　自分の情欲から望まれない子供が生まれる可能性は？」

「防ぐ方法はいくらでもある」ダミアンは嘲った。

「もし失敗したら？」あまりに身近な話題に、ケイトは客観性を保てなくなり、声高にたずねた。「苦しむのはあなたでも私でもない、子供よ。私にはわかる。母は父と結婚していなかったから。学校でのまわりの態度も、継父《ちち》がことあるごとに私と母にその事実を突きつけてきたことも忘れていない。これで私が体の関係を持たない理由、絶対にあなたとは暮らさない理由がわかった? 私のような子供時代を誰にも過ごしてほしくないからよ!」

「ああ、もう!」ダミアンはうなり、ケイトに近寄った。「そばに来てくれ。僕が君の心に訴えかける方法はこれしかないんだ」顔を近づけ、ケイトと唇を重ねると、ケイトの主張はあとかたもなく消えた。

ダミアンの言うとおりだった。彼が意志を伝えられる方法はこれだけで、二人の間で言葉は意味を成さなくなった。ケイトは情熱と切望を込めて重ねた唇を動かし、腕を首に巻きつけて彼を引き寄せた。

ダミアンは自分の全経験を利用してケイトに火をつけ、体を合わせ、硬い腿をケイトの腿に押しつけた。大きく上下する胸と、ケイトと同じく速い心臓の鼓動から、彼も高ぶっているのがわかった。

ダミアンはケイトの唇を開かせ、その甘美さを探求しながら、背中をなで回した。胸をつかまれると、ケイトの全身が敏感になった。ケイトも手を動かし、上着の下のダミアンの筋肉をなでた。

「ああ、ケイト」ダミアンはため息をついた。「今の君はこんなにかわいいのに。なぜ僕に抗《あらが》う?」

「それはさっき言ったわ」ケイトはダミアンのあごに額をのせた。「そういう状況を招きたくないから」

「それは気をつけるよ」ダミアンは優しく言った。

「ピルをのんでないの」ケイトは頭を振った。「ごめんなさい、そういう遊びならほかの人として」

ダミアンは力強い手でケイトの髪に触れ、絹のような髪筋をなでた。「ほかではいやだと言ったら？」

「残念だと思うしかないわ」

「嘘だ。君は僕をいじめて楽しんでいるんだ。お父さんが犯した過ちの仇《あだ》を僕で討ってるんだろう？」

ケイトは彼の腕から抜け出そうともがいたが、ダミアンに阻まれた。「放して！　よくそんなことが言えるわね？　私は仇討ちなんかしてない」

ダミアンはケイトを強く引き寄せた。「いや、してるよ。君は誘惑したあと拒絶するじゃないか。この髪も」低い声で言う。「今はいつも下ろしてるのか？」

「いつもじゃないわ」ケイトは憤慨した。「私――」

「君は僕が髪を下ろすほうが好きだと知っている。僕に気に入られたくて下ろしてるんだ」

今度こそケイトはダミアンの腕から抜け出し、安全な距離を取った。図星だったからこそ、怒りは強かった。ダミアンの指摘はいつも正しい。いつも。

「この髪型は自分で気に入ってるだけよ」

「嘘だ。下ろすのは好きじゃないと言ってただろう」

「私の発言をいちいち覚えてるの？　このほうがいいと言ってくれた人がいるのよ」

「そのとおり。僕だ」

「いいえ、違う」

緑の目が陰を帯び、唇が怒ったように引き結ばれた。「この三カ月間、ほかに誰と会っていた？」

「教えなきゃいけない？　あなたには関係ないのに！」

「もういい！　君とは終わりだ。僕は女の機嫌は取らない。君は欲しいが、懇願はしない」ダミアンの顔は怒りに歪《ゆが》んだ。「いつかそこまで強く思える人に出会うかもしれないが、それは脅されてじゃない！」

「ちょっと、私はそんなつもりは――」

「つもりはある！」ダミアンは歯ぎしりしながら言った。「じゃあ、またいつか。まあ、そんな日は来ないと思うが。君のことは避けるつもりだから」

「ダミアン、ごめんなさい。私――」

「傷つけたうえ侮辱までするな！　君のつかみどころのなさに惹かれる別の男に狙いを定めてくれ。僕はそういう段階は過ぎた」ダミアンはドアの前まで行った。「とっくにな。今ここを出ていかないと、お互いに後悔するようなことをしてしまいそうだ」

ダミアンはドアを勢いよく閉め、部屋全体が震えた。この数時間に負った心の傷は深く、ケイトはどさりと椅子に座った。今日はいろいろなことがあり、ルイーズの不当な攻撃もこらえた。母親の心ない態度の全容を知れば、ジェームズは激怒するだろう。

だが、ダミアンがこんな形で出ていったのは致命的だった。でも、それも当然だ。二人の関係は爆発寸前で、毒気を帯びていた。まだ終わっていないとすれば、どこで終わるというのだろう？　事態が手に負えなくなる前に、これが終わりだと納得しなければならない。実際、終わりなのだから。

真夜中にジョシーが帰ってきたときも、ケイトは椅子に座っていて、その間に孤独を断ちきってくれたのは、ジェームズからの電話だけだった。ジョシーは静かに部屋に入り、側灯をつけた。ケイトを見て驚く。「出かけてるか、もう寝てるかと思ってたわ」

「うとうとしてて」嘘だ。ジェームズの電話を切ったあと、暗闇を見つめて考え事をしていた。

ジョシーは心配そうにケイトを見た。「食事は？」

「お腹がすかなかったの」ケイトはぼんやり言った。

「結婚式のあとって虚《むな》しくなるものよね」ジョシーはおしゃべりを続けた。「私、いつも落ち込んじゃう」

ケイトは笑顔を作った。「大丈夫、すぐにあなたの番よ。で、今夜はどうだった？　きくまでもない？」ジョシーの顔は輝いていて、理由は明らかだった。

「今夜は最高だった。明日、ピクニックに行くのよ」

「すてきじゃない」

「あなたは……今夜どうだったの？」

ケイトは目をそらした。「ずっと家にいたわ」

「あら、ミスター・サヴェッジは用事でも？」

「ええ」ケイトは短く答えた。

「また会うの？　本当にいい男よね」

ケイトは頭を振った。「もう会わない。それは確か」それが嬉しいのか悲しいのかはわからなかった。悲しいのだろうが、二人の関係は緊迫しすぎていた。でも、もう終わったのだ——始まりもしないうちに。

# 7

「疲れた！」ジェームズは肘掛け椅子にどさりと座った。「遅れてごめん、ダミアンが鬼のように仕事をしていて……しかも、それを皆に強要するんだ」

ダミアンの名を聞いて、ケイトの唇から笑みが消えた。彼のことは考えないようにしていたが、誰かが何気なく口にすると、頭痛がぶり返した。だが、今は我慢しなければならない。アランがいるのだから、ダミアンを思い出して台なしにしてはいけない。

最後にダミアンに会ってから二カ月半が経《た》ち、映画制作が本格的に始まっていたため、ジェームズは文句ばかり言っていた。その間にケイトはアラン・リードという、がっちりした長身で外見も悪くない、穏やかな男性と出会った。ケイトは一目で好感を抱き、劇場に誘われると快諾した。二人が知り合ったのは、ケイトがジョシーに連れていかれたパーティで、幸いアランは俳優業とは無縁の人だった。

「遅れてはいないわ。アランはまだ来てないもの」

「僕を家に送ろうと言ってくれるとは、親切だな」

「実は、まだ実際にそう言ったわけじゃないの」ケイトは笑った。「私たちもあなたのパーティに行くんだから、乗せていくのが自然だと思っただけ」

「あの車め、あんな壊れ方をして」ジェームズは顔をしかめた。「タクシーを呼んでもいいけど――」

「その必要はないわ。私たちもあなたの家に行くんだから」ケイトは兄にコーヒーを渡した。

「ありがとう」ジェームズはそれをごくごくと飲んだ。「この数週間ほどハードに仕事をしたことはない。ダミアンは仕事となると飽くことを知らないんだ」

「だから成功してるのよ」避けたい話題に戻ってしまい、ケイトは硬い口調で言った。

「完璧主義者ね」

「でも、こんなの異常だ。みんな文句を言ってる」

「大丈夫」ケイトはほほ笑んだ。「今夜思いきり愚痴を言ったら、明日は新鮮な気持ちで仕事に行けるわ」

「まさか」ジェームズの口元のこわばりが緩み、肩の力が抜けてきたのがわかった。「ダミアンは批判をいやがるから、ますます横暴になるだろう」

ケイトは恐怖が全身に広がるのを感じ、ジェームズをすばやく見た。「今夜はダミアンも来るの？」

「映画の関係者がみんな来るから、招待しないわけにはいかなくて」

「マット・ストレンジも？」

「ああ」ジェームズは顔をしかめた。「やっぱりいやなやつだよ。いつも女の子に囲まれているし」

「羨ましい？」ケイトはからかった。

「いや。女性たちを一日中はべらせることで、自分がいかにハンサムでできる男かを示したい段階からは卒業した。シェリに怒られるし」兄は笑った。

二人の結婚生活は順調だった。新婚旅行から戻ったジェームズとシェリは互いへの愛に輝いていた。

「確かに。シェリは怒るでしょうね」

「今夜、ジョシーはいないのか？」

「ポールとディナーに出かけたわ」

「真剣なんだな？」ジェームズは顔をしかめた。

「ええ」二人はすでに結婚の話を始めていた。

「困ったな！　まあ、ジョシーが引っ越したら、お前は家に戻ればいい。ここに住むのは気に入らない」

「私が今日したことも気に入らないわよ」ケイトは後ろめたそうに言った。「秘書講座に申し込んだの」

「何だと！」兄はカップをがちゃんと皿に置いた。

「怒らないで。この数週間、仕事を探そうとしたけどだめだったの。私には技能が何もないから」

「でも、秘書講座って！」

嫌悪感を隠そうともしないジェームズを、ケイトは笑った。「秘書になることには何の問題もないわ」

「働く必要がない場合は問題だよ。父さんの遺産があるんだから、お前は何もしなくていいんだ」

「これ以上、プールサイドでだらだらしたくないの。仕事に就きたいのよ」ケイトは真剣だった。「私、この先ずっと何もせずに生きられるタイプじゃない。二年もそうしてきたから、役に立つことがしたいの」

「ダミアンの申し出を受ければいいじゃないか」

「何のこと?」ケイトは鋭くたずねた。

「例のスクリーンテストだよ」ジェームズは説明した。「お前もこの仕事で成功できると思うんだ」

ケイトは安堵《あんど》のため息をついた。一瞬、申し出というのが何かわからず、余計なことを言いそうになった。「スクリーンテストには興味がないと返事したわ」あるいは、ダミアンのどんな申し出にも！

「気が変わったと言えばいい」

「変わってないのに」チャイムの音が聞こえ、ケイトは言葉を切った。「アランだわ。優しくしてね？」

「お前の友達にはいつも優しくしてるだろう？」

ケイトはそうではなかった場面を覚えていたが、指摘はしなかった。「私、アランのことが好きなのよ」

「ダミアンみたいな男じゃなきゃ、口は出さない」

「全然違うわ。さあ、いい子にしてて！」

再びチャイムが鳴り、ケイトは玄関に急いだ。「アラン！」唇にすばやくキスし、中に招き入れた。

アラン・リードは二十八歳、業績のいい会社でコンピュータ部門の責任者を務めている。堂々としていて、どんな状況でも落ち着いているところが好ましかった。背が高くて筋肉質で、明るい茶色の髪を無造作に後ろになでつけ、はっとするような濃い青色の目をしている。ハンサムな男性だが、うぬぼれは感じられず、いつも親切で礼儀正しかった。

アランは横を向いてケイトを抱き寄せ、玄関でのキスより長いキスを求めた。「会いたかった」

二人が会うのは二日ぶりで、ケイトもアランに会いたいと思っていた。「ジェームズの車が壊れたから、家まで乗せていくと言ったの。ラウンジにいるわ」

アランは一歩下がった。「おっと、先客がいたのか」

「ジェームズだけよ。あなたさえよければ、すぐに出ましょう。ジェームズはお客さんたちが来る前にシャワーを浴びたいでしょうから」

「ああ、もちろん」

「紹介するから中に入って」ケイトはアランをラウンジに通した。「私はファージャケットを取ってくる」

ケイトは二人の男性を引き合わせたあと、自分の寝室に行った。ラウンジに戻り、二人が会話に没頭しているのを見てほっとする。ジェームズがアランを気に入ったのは確かで、アランをあきらめたくないケイトには好都合だった。アランこそ、ダミアンを忘れるために必要な存在であり、ダミアンに再会する今夜は、彼に助けてもらわなければならなかった。

ケイトとアランがつき合い始めてから一カ月が経ち、彼のキスはダミアンほど刺激的ではないものの、彼と一緒にいると安全だと思えた。アランはケイトが心の準備ができていないことまでは求めなかった。アランといると、安心感と幸福とくつろぎという、ダミアンには決して感じなかったものを感じた。

ジェームズの家に向かう道中、ケイトは車の後部座席に座り、二人の男性の会話を興味深く聞いた。

九時には到着したが、すでに家の中は人でいっぱいで、あふれ出た人々がプールサイドに集まっていた。いくつかある輪の一つに、シェリがいた。

「ジェームズ！」シェリは客から離れて夫に近づき、伸び上がってキスをした。「心配してたの。ケイトと来るとは聞いてたけど、何があったんだろうって」

「またダミアンだよ！　あいつがみんなをこてんぱんにしてるんだ。僕が帰ったときもまだ現場にいた」

「今もいるのかも。まだこっちには来てないから」

「それでいいんだろう。最近は社交的じゃないから」

ケイトがどのパーティに行ってもダミアンに会わないのは、それが理由なのだろうか。ケイトを避けるという脅しを実行しているとは思えない。きっと新たな恋人ができて、その女性を独占するために社交を控えているのだろう。今夜も来なければいいのだけど。

シェリはジェームズの腕を自分の体に巻きつけた。「食べるものを取ってきましょうか？」

「スタジオで食べたからいいよ。それより、寝室に来て着替えを手伝ってほしい」

灰色の目の輝きがいたずらな誘惑をしていた。

シェリは笑った。「もう、お客さんがいるのよ！」

ジェームズはおしゃべりと笑いに夢中な人々を見回した。「僕たちがいなくなっても気づきやしないよ」

「もう、ジェームズ……」

「行くぞ」ジェームズはシェリの腕をつかんだ。

ケイトは家の中に姿を消す二人を笑いながら見送り、ウェイターから飲み物を二つ受け取ったアランにほほ笑みかけた。「許してあげて、まだ新婚なの」

「お似合いの夫婦だ」アランは興味深そうに客を見回した。「ジェームズのお客さんは豪華だな。今のところ、テレビや映画に出ていないのは僕たち二人だけのようだ。なぜ君がこういう輪の中にいるんだ？」

「好きになれない？」ケイトは面白がる顔をした。

「まだ誰とも話していないよ」

ケイトはアランの曲げた腕に親しげに手をかけた。「あなたを紹介して回るわ」

たちまち二人は笑いさざめく人の群れにのみ込まれた。たどり着いたのは、五十人もの人がダンスを試みている最も広い部屋だった。二人は結局ダンスをあきらめ、音楽に合わせて体を揺らすだけにした。

アランはケイトに笑いかけた。「さっきもきいたけど、こんなおかしな集団になぜ君がいるんだ？」

「ジェームズとは昔から家族ぐるみのつき合いがあったの」ケイトははぐらかした。「仲よくなれば、悪い人たちじゃないわ。仕事も遊びも全力なだけよ」

「いや、別に不満はない」アランはからかうようにほほ笑んだ。「このダンスもすごく楽しいし」

ケイトは笑った。「踊れないわよね？　どこか――」

「失礼」聞き慣れた氷のような声が割り込んできた。「この女性をダンスにお借りしてもいいかな？」ダミアン・サヴェッジが長く引き伸ばすように言った。

ケイトの茶色い目はぱちりと開いた。「いや――」

ダミアンはケイトを無視し、強情な緑の目でアランの目を見据えた。「文句があるか？」

この男性の傲慢さとしつこさに、アランはあっけにとられていた。「文句はないよ。でも――」

「それはよかった」ダミアンはアランの前に割り込み、ケイトを乱暴に腕の中に引き寄せた。

こんなに長い間会えなかったあと、これほどダミアンと密着したせいで、ケイトは彼の腕の中で震えた。白いズボンとシャツ、ロイヤルブルーのジャケットに身を包んだダミアンはひどく魅力的だった。無造作に開けたシャツの喉元から黒い毛の始まりが見え、それが胸から腹の下へ続いていることをケイトは知っている。そう思うと、ますます体が震えた。

「寒い?」ダミアンはケイトのこめかみで言った。

知ってるくせに!「少し」ケイトは嘘《うそ》をついた。

ダミアンは答える代わりにさらにケイトを引き寄せ、硬い腿をケイトの柔らかな肌に食い込ませた。「ましになったか?」低い声でたずねる。

感情が高ぶりすぎて、ケイトは答えられなかった。ダミアンにこんな、感覚をもてあそぶようなことをされる筋合いはない。ケイトは咳払《せきばら》いをした。「座ろうとしてるときに、あなたにじゃまされたの」

ダミアンは険しい顔でケイトを見た。「あの男は?」

「アランという名前よ」ケイトは彼の視線を避けた。

「行動が早いな。ジェームズは何と言ってる?」

「アランを気に入ってるわ」ダミアンの体温が自分の服越しに伝わり、ますます神経が高ぶった。ケイトの手はダミアンの肩に置かれ、ほっそりした体には彼の腕が鋼のように巻きついていた。

「ジェームズは僕より心が広いんだな。僕はほかの男が君に触れるのを見るのは耐えられない」

ケイトはダミアンから離れたかったが、人ごみのせいで動けなかった。「やめて。もう気が変わったの」

「で、そのアランとやらは、結婚してくれそうか？」

「たぶん」

「だろうな」ダミアンは乱暴に言った。「ケイト、君はそいつとは結婚しない。誰とも結婚させない！」

今度こそ、ケイトはダミアンの腕から抜け出した。「私は自分が結婚したい人と結婚するわ！」

ダミアンの目は誘惑するようで、唇はケイトの唇のすぐそばにあった。ケイトはアランを捜したが、見あたらなかった。これではダミアンに抗《あらが》えない。

ダミアンは腕の中にゆっくりとケイトを引き入れ、プールに連れていった。だが、そこで止まらず、庭から先へと進んだ。ようやく立ち止まったとき、パーティの喧噪《けんそう》は遠くでかすかに聞こえるだけだった。

ケイトは苦悩に満ちた茶色の目でダミアンを見た。「ダミアン……」

「ああ、ケイト！」ダミアンはゆっくり顔を近づけ、官能的な唇でケイトの喉を愛撫《あいぶ》した。

「会いたかった」

その声の優しさに、ケイトの抗議は喉の奥で消えた。乱暴にされていれば反応は違っていただろうが、この優しさには抗えなかった。「本当に？」ダミアンの姿に飢えていたかのように、傲慢な顔を探るように見る。実際、ケイトはダミアンに飢えていた。厳しく、ときに残酷な顔はあまりに愛《いと》しく、つかのまアランのことも、ダミアン以外の誰のことも忘れた。

「この数週間、僕が鬼のように仕事をしていることはジェームズから聞いてると思うが」

ケイトは軽くほほ笑んだ。「ええ」

ダミアンの口元がこわばった。「いつ会ったんだ？」

ケイトは肩をすくめた。「これは彼のパーティよ」

「それは知ってる。でも、パーティはそんな会話をするような場じゃない。彼と頻繁に会ってるのか？」

「けっこう会ってるわ」

ダミアンはケイトの腕をつかむ手に力を込めた。「それはやめろ。ほかのどんな男もやめろ。君がほかの男といるところを見るのはもう耐えられない」

ダミアンの目の誘惑の色に、ケイトは絡め取られそうになった。「ダミアン、私たちが会わなくなって二カ月以上経つわ。私の生活にするっと戻ってきて、好きな人と会うなと命じる権利は、あなたにはない」

「僕以外の誰とも会わないでくれ。君がきれいすぎて心が安まらない。ほかの男の目に触れないよう、君を閉じ込めたいくらいだ。この数週間は地獄だった。食欲はないし、眠れないし。仕事だけが痛みを和らげてくれる気がした。くたくたになるまで働けば、二時間ほどは夢も見ず熟睡できるんだ」

「まあ、ダミアン！」ダミアンの声ににじむ苦悶《くもん》に、ケイトは心を揺さぶられた。

「〝まあ、ダミアン〟だよ」ダミアンは嘲るように復唱した。「まともにものが考えられなくなるくらい、君は僕の生活に入り込んでいる。ほかの女なんて論外だ！　何も感じられない」

「まあ、ダミアン」ケイトは声をつまらせた。

ダミアンは口元をこわばらせ、荒々しくケイトを引き寄せた。「やめてくれ！　君に名前を呼ばれるだけで高ぶってしまう」ダミアンの両手はケイトの体を這《は》い上がり、ケイトを自分の体に押しつけた。「ベッドの上で、君が僕の名前を叫ぶのを聞きたい」

とたんに、ケイトの頭に二人が絡み合う光景が浮かび、この二カ月半抑えつけてきた想像が再燃した。

「ケイト、僕のものになってくれないか？」ダミアンはケイトの柔らかな喉元で懇願し、彼の唇が触れたところはどこもかしこも燃えるようだった。

「無理だってわかってるでしょう」ケイトは残りわずかな正気にしがみついた。「理由はもう説明したわ」

「理由なんて知るか！」ダミアンの唇はケイトのあごを乱暴に這い上がり、唇を開かせた。ケイトがうめくと、痛みはわずかに弱まり、彼の唇は穏やかに動いたが、腕は固く巻きついたままだった。

なぜいつも最後はこうして抱き合い、体同士が求め合ってしまうのだろう？　ダミアンにとっては野蛮な情欲にすぎずとも、ケイトには恋心だった。その二つはまるで意味が違い、その違いは重要だった。

ダミアンはケイトを草の上に寝かせて、自分も隣に寝そべった。ケイトに自分のほうを向かせ、ときにはひどく無慈悲に思える唇でケイトを貪った。

ダミアンの腕の力は記憶どおり強かった。ケイトの腕は彼の首に回され、指はうなじを愛撫した。彼の髪は本人同様に濃く、生命力があり、力強かった。

ケイトは欲望で朦朧《もうろう》とし、触れられた体はしなやかになり、探られた胸は脈打った。服はダミアンの探索の妨げにはならず、ブラウスの前のボタンは簡単に外れ、胸はダミアンの唇の前に解き放たれた。

ケイトは顔を上げて息を吸った。「私とはもう終わり、これ以上かかわりたくないと言ってたじゃない」

「あれは間違いだった」ダミアンの唇はケイトの頬を通り、閉じたまぶたにキスをした。

「僕は君から離れられない。僕が何を求めているかはわかるだろう」

「でも、言ったでしょ――」

「ああ」ダミアンは唇を強く重ね、ケイトを黙らせた。「この状況について考えていたんだ。僕は君を急《せ》かした。君が僕を知る時間が必要だったのに」

「違う。時間はいらないわ」ケイトは震える手でボタンを留め始めた。「なぜ私から離れてくれないの？」ダミアンが自分に求めているのはこれだけだと知りながら、このような行為を許した自分を深く恥じていた。「私はいやがってるのよ」

「君の体はいやがってはいない。君は完全に矛盾している。目と口はいやがっても、体は正反対だ」

「それは、あなたが豊富な経験を駆使してるからよ」ケイトは立ち上がり、スカートから草を払った。

「侮辱に逃げるな。それでは状況は何も変わらない」

「事実を言うのが侮辱？」ケイトは髪をなでつけた。

この問題を防ぐ唯一の方法はダミアンと距離を取ることだ。二人はそれぞれ別のときに、もう相手には会わない、生活を変えると決めたが、実際に会うと流されてしまった。それを防ぐには離れるしかない。

ケイトの隣に立っているダミアンがため息をついた。目はなおもとろんとし、先ほどケイトが愛おしげに乱した髪をなでつける手は震えていた。

「自分に嘘をつくな。これを終わらせられるはずがない。よくなる前に、まず悪くなる。君へのしつこい欲望を、僕が捨てようとしなかったと思うか？　努力はしたんだ。この何週間かの間に十人以上の女性とデートしたが、何の役にも立たなかった。自分が本当に欲しいものを突きつけられただけだ」

ケイトは家のほうへ戻り始めた。「その中の誰かと寝たらいいでしょう。私のことは放っておいて！」

ダミアンはケイトをつかんで自分のほうを向かせたが、その顔は打ちひしがれていた。

「聞いてくれ、ほかの女は抱けないんだ！　信じられるか？」

「あなたともあろう人が……信じられないわね」

「こんなことは初めてだ。自分でも理解できない」

ケイトは再び家に向かい始めた。アランにどう思われただろう？　彼を見つけて家に帰ろう。

「私は理解したくない」ケイトは一蹴した。「失礼させて。一緒に来た人を捜さなきゃいけないから」

ダミアンはケイトの腕をつかんで引き留めた。「あんなことがあったのに、僕を置いていくのか？」

「何もなかったわ」ケイトは目を合わせずに言った。

ダミアンは飛びのいた。「何もなかった！」勢いよく繰り返す。「たった今、愛の行為の手前までいったのに、何もないだと！　なんて冷たい女なんだ」

冷たい！　それは心外な言葉だった。ダミアンに初めて会って以来、ケイトは燃え上がっていて、炎は大きくなる一方だった。「そう思いたいなら思って」

「ケイト」ダミアンはうめいた。「行かないでくれ！」

行かないわけにはいかない！　ダミアンといると、心がかき乱されるのだ。アランのもとに、安心できる場所に帰りたかった。ケイトは最後にもう一度ダミアンを見たあと、アランを捜しに戻った。

自分の寝室だった部屋に駆け込み、鏡に映った姿を見ると、改めて赤面した。髪は乱れ、目元には野蛮な雰囲気がある。頬は真っ赤で、唇はキスされたあとらしく腫れ上がっていた。ぼうっとするまでキスされた女という、事実どおりの外見だった。

ああ、ダミアン……。ケイトはベッドに座り、肩を落として絶望の表情を浮かべた。今ダミアンがここに来れば、黙って彼に身を任せるだろう。体内を蝕《むしば》むこのうずきは止めようがなかった。

ドアが静かに開く音に、ケイトはすばやく顔を上げたが、そこにいる人物を見て顔から笑みが消えた。「マット！」同じ場面を前にも見た気がして、信じられない思いでその名前を口にした。

マットは当然のように部屋に入ってきた。「いかにも」ろれつが回っていない。手に酒を持っていることからも、酔っているのは明らかだった。

ケイトはマットの相手をする気分ではなかった。この数週間で心底うんざりしていた。マットはケイトが参加するパーティには必ず現れ、興味を示してきた。ケイトの嫌悪感はもはや隠しきれなかった。

マットの目の表情に、いやな予感がした。「パーティに戻らない？」できるだけ礼儀正しく言う。

「まだだ」マットは片手をついてケイトを壁の前に固定した。「ダミアンと草の上で絡み合ってたよな？」

ほぼ事実だったうえ、表現が野卑だったため、ケイトはたちまち頬が赤くなった。「気持ち悪い言い方はやめて！」ぴしゃりと言ったが、マットの腕の中から抜け出すことはできなかった。

マットは片頬を歪《ゆが》めて笑った。「僕を気持ち悪いと言うのが気に入ってるのか？　これで二回目だ」

「事実だからでしょうね」ケイトは冷静に言った。

「でも、僕が言ったとおりだろう？　ずっと君を見張ってたんだ。連れのまぬけ野郎は君がどんな女か知らないんだな? この一時間、君を捜していたよ。心配するな、君とダミアンのことは話してないから」

「ありがとう、ご親切に」ケイトは皮肉を言った。

酔っ払ったマットに皮肉は通じなかった。「君が一時間も姿を消していた理由がわからないやつに、答えを教えてやる必要はないからな。でも、僕は知ってる。今も僕の番はいつなんだろうと思ってるよ」

ケイトはあごを上げた。「私はあなたが嫌いなの。手を離さないと、前みたいに悲鳴をあげるわよ」

「そんなの馬鹿げてないか?」マットは濡《ぬ》れた唇でケイトの喉にキスした。「僕はダミアンじゃないが、同じくらい君を気持ちよくさせられるんだから」

「そうは思えないけど」ケイトはそっけなく答え、おぞましい唇から逃れようと身をよじったが、その動きにマットはいっそう興奮したようだった。

「僕もそうは思えない」氷のような声が告げた。

振り返ったマットはダミアンと顔を合わせたが、これほど無情で傲慢な人物を前にしても、酒の力で堂々としていた。「出ていけ。お前の出る幕じゃない」

「お前に触られて、ケイトがもう少し嬉《うれ》しそうな顔をしているなら、僕も同意する。でも、そうじゃない。また床に伸びるのがいやなら、ここを出ていけ」

「まだ未練があるのか?」マットはぶしつけに言った。「この女とはずいぶん長いな。いい女なんだろう」

事実とはあまりにかけ離れた言葉に、ケイトはヒステリックに笑いそうになった。ダミアンも同じようなことを考えたらしく、唇に嘲笑が浮かんだ。

「頭を冷やしに行ってこい」ダミアンは助言した。「明日は朝七時から撮影だろう。遅刻は厳禁だ」

「覚えてろよ……」マットは脅すように言った。

「侮辱の言葉は別のときに取っておけ」

「偉そうにしやがって、このくそ――」

ダミアンはあごをこわばらせ、低く言った。「侮辱はやめろと言ったよな。きっかり五秒で出ていけ」

前回ダミアンを怒らせたときのことを思い出したのか、マットは素直に従った。鼻が何日も腫れ、痣《あざ》が何週間も残っていたことも思い出したのだろう。

ケイトは安堵の笑みをもらした。「またお礼を言わなきゃね。本当に感謝してる。マットは――」

ダミアンは心底うんざりした顔でケイトを見た。「説明はいらない。マットは君が何週間も求め続けたものを与えようとしていたんだ。僕も君に無理強いするところだったが、気が変わった。君がどういう女なのかはっきりわかったんだ。男をその気にさせて、男が身悶《みもだ》えするところを見物する女だ。これで君を忘れられそうだ。やっぱり君は男にコンプレックスがあるんだな。男を傷つけたいんだろう」

ケイトはあえいだ。「誤解よ！」

ダミアンはひそめた眉をこすった。「思わせぶり女め！　男を興奮させすぎて乱暴されても知らないぞ」

ダミアンはドアを勢いよく閉めて出ていき、ケイトはわっと泣き出した。ダミアンと出会ってから、心が傷つくばかりの毎日だ。だが、それを防ぐ方法はあった。ダミアンを受け入れさえすれば、事態は一変する。少なくとも、今まではそうだった。だが、ダミアンはもう、ケイトを求めてさえいない。

五分後にケイトが会場に戻ったとき、ダミアンが背の高い黒髪の女性と体を密着させて踊っていたことが、彼の言葉を裏づけているように思えた。ダミアンは女性の耳たぶをなめ、女性は笑いながら、ベルベットの上着の中でウエストに腕を巻きつけた。

ケイトは顔を歪めてそっぽを向き、アランを捜した。ダミアンの腕に抱かれたくてたまらないのに、別の女性といる彼を見るのは耐えられなかった。

「ここにいたのか」アランはケイトを抱き寄せた。「あちこち捜し回ってたよ。どこにいたんだ？」

ケイトはアランに嘘をつく自分がいやで、彼の善良な顔は見ないようにした。だが、事実は言えない。「私もあなたを捜してたの。すれ違いかしらね」

「そうかもしれない」アランはゆっくり言った。

「あなたさえよければ、もう帰らない？」

「全然構わないよ。しばらく二人きりになりたい」アランの目の輝きがその理由を告げていた。

ケイトはダミアンの腕に抱かれ、耳元で何かをささやかれている女性から離れたい一心だった。

「ええ、ジェームズに帰ると言いに行きましょう」

アランと自宅に向かい始めると、こわばっていたケイトの体から緊張が抜けていった。ダミアンのことを考えて自分を苦しめるのはやめたほうがいい。

「あの人」ケイトの思考にアランの声が割り込んだ。「君をダンスに誘った人。あれは誰だ？　見たことのある顔だけど、名前が思い出せなくて」

「ダミアン・サヴェッジよ」ケイトは簡潔に答えた。

アランは歯笛を吹いた。「なぜ知り合いなんだ？」

「ジェームズの友達だから」ケイトはまっすぐ前を見つめたまま、ぶっきらぼうに答えた。

「ハンサムだな」アランは探るようにケイトを見た。

「いばり散らす偉そうな男性が好きならね」

「つまり、君は……好きじゃないのか？」

「なぜ好きだと思うの？」ケイトは辛辣にたずねた。

「最初に質問したのは僕だ」

ケイトは乾いた声で短く笑った。「アラン、どうしてそんなことばかりきくの？　まさか、嫉妬？」

「ダミアン・サヴェッジに？」アランは軽く肩をすくめた。「もちろんだ！　あんな男が現れて、僕の彼女を連れ去ったんだ。どんな気持ちになると思う？」

「私が踊りたがっていないのはわかったでしょう？」

「ああ。でもその後、君はあいつと消えた……少なくとも、そう見えた。君たちは同時に消えたから」

「ダミアンは……強引なの。でも、私は隙を突いてすぐにあの人から離れたわ。コーヒーを飲んでいく？」アパートメントに着くと、ケイトはたずねた。

アランはうなずき、ケイトに続いて中に入った。二人はコーヒーを飲み、座って話をした。アランは一時間ほど滞在し、別れ際は名残惜しそうだった。

「明日会える？」ケイトの唇の上でささやく。

「ランチに来て。ジョシーは明日ポールのご両親に会いにケントに行くから、二人きりになれるわよ」

アランは片眉を上げた。「それはいい」

「あなたがいい子にしてくれるといいんだけど」

「いつもいい子だろう?」アランはそっとキスした。

「ええ」

アランはケイトのあごを持ち上げ、軽く笑った。「おい、そんながっかりした声を出すなよ!」

がっかりしたのではない。今回ばかりはアランが自分を夢中にさせてくれることを願っていた。そうなれば、心身からダミアンの痕を消せるだろう。

ジョシーが帰宅したとき、ケイトは女同士のおしゃべりをしたい気分ではなく、壁のほうを向いて眠ったふりをしていた。だが、ジョシーが自分の部屋に戻ってからも長い間眠れず、目を見開いたまま、ダミアンの燃えるような唇の感触を唇から消し去るのに、アランのキスは少しも役に立たないと感じていた。きっと、どんな男性のキスでも同じことだろう。

# 8

「夕食までいてちょうだい」シェリはケイトに言った。「ジェームズはもうすぐ帰るし、あなたに会いたがってるの。最近あまり来てくれないでしょう」

ケイトがあまり来なかったのは、ここでダミアンに出くわす危険を冒したくなかったからだ。「まあ、秘書講座を始めたし、夜にアランと出かけることが増えたから」実際には、最近はそうでもなかった。

「秘書講座はどう？」

「いい感じだけど、思ったより覚えることが多いわ」

「アランとはどう？」

それはケイトにもよくわからなかった。アランとは週に三度ほど会い、一緒にいるのは楽しかったし、彼のキスにはそれなりに応えていた。だが、二人の問題はそこにあった。ケイトの熱は低く、軽い愛の行為では、ダミアンにただ触れられたときほども燃え上がらず、そのことにアランも気づき始めていた。

ケイトはアランにひどい仕打ちをしているような、本当の気持ちへの盾として彼を利用しているような気がしていた。アランといるのが楽しいのは事実だったが、ダミアンといるほうがもっと楽しいのだ。

ダミアン！　なぜいつまでも生活に入り込んでくるのだろう？　ダミアンは慌ただしい社交を再開していて、いろいろな女性と食事や劇場に出かけている様子が、日刊紙に頻繁に載っていた。セレブであるダミアンの活動は当然ながらニュースになるのだ。

今夜は三日ぶりにアランに会うことになっている。だから、ロンドンに戻らなければならない。「アランとは順調よ」ケイトはようやく答えた。

「ダミアンは？」シェリは質問した。

「ダミアンが何なの？」ケイトは鋭くたずねた。

シェリは肩をすくめた。「一カ月前はダミアンに夢中だったようだから」

ケイトは笑い飛ばそうとした。「女なら誰でもダミアンに憧れるわ。私はあの人に興味を持たれて舞い上がってしまっただけ。昔は彼に出会うことを夢見ていたから。十二、三歳の少女らしい想像よ」

「で、本人は想像してたほどじゃなかった？」

想像以上よ！　存在感がすごくて、あまりに性的で、とんでもなく不埒《ふらち》だった。結婚は必要ないという考えで、次々と情事にふけるタイプの男性だった。

「想像どおりよ。でも、ああいう人だから」

「どういう人なのか、私にもわかってきたわ。ジェームズは夜八時を過ぎないと帰ってこないし、帰ってきたらいつもくたくた。ダミアンは仕事の鬼よ」

「ジェームズも先週言ってた。ダミアンはそうやって、あの世界でトップに立ったんだと思うわ」

シェリは顔をしかめた。「遊び方も派手すぎる。同じ女性とは二度と出かけないのよ」

ケイトは苦々しく笑った。「初回で目的を果たせるから、二度目は必要ないんでしょうね」

「ダミアンの印象はずいぶん悪いようね！　私、最初から無愛想な人だと言ってたでしょう」

ダミアンは無愛想どころか無礼で、ケイトに対して言葉を濁すことなく、ケイトの印象をはっきり伝えてきた。「映画はどう？」ケイトは話題を変えた。

「順調よ。マットとダミアンは一触即発らしいけど」

またダミアン！　ケイトは顔をしかめた。「ダミアンの話題を出さずにはいられない？」

シェリは笑った。「ジェームズはそうよ。帰宅してから十分間はダミアンの文句ばかり。きっと今夜もそうなるわ。今夜は絶対に七時に帰るつもりだから、ダミアンと大喧嘩《おおげんか》して現場を出てくるはずだもの」

「ダミアンってそんなにひどいの？」

「ありえないレベル」シェリは断言した。

二人はラウンジに座っていて、ケイトは午後の時間をシェリと過ごすために来ていた。モデルの仕事を辞めた義姉の暇つぶしにつき合うことにしたのだ。

ジェームズは自分の休日に一緒にいられるよう、シェリが仕事を辞めることを希望していた。シェリも、互いに国の内外で長時間仕事をし、時間帯もばらばらなことが多ければ、結婚生活を続けるのは難しいと判断した。仕事は楽しいが、それが人生のすべてではないと考えたのだ。夫妻は子供も望んでいたため、現時点ではジェームズの仕事を優先した。

「遅くなると困るの。アランが八時半に来るから」

「ジェームズは早く帰ると約束したし、私があなたを説得して夕食までいてもらうと言っておいたから、ちゃんと帰ってくるわ。あなたに会いたがってるの」

「私もよ」

「私たち、あなたにこっちに戻ってもらいたいのよ」

ケイトはシェリの言葉に感動したが、首を横に振った。「前みたいにジェームズに束縛されたくないの」

「そう……」シェリは口をつぐんだ。「帰ってきたみたい。あなたが出てあげて」ケイトを促す。

「あなたは行かないの？」

「私もあとで行く。ジェームズはあなたに会うのを楽しみにしてるの。あなたたちは大人になってやっと会えたから、ジェームズはこの先も過保護のままだと思う。あなたを愛してるの。わかってあげて」

ケイトは胸がつまるのを感じながら立ち上がった。「あなたがこんなにも理解してくれてること、ジェームズはわかってるのかしら」

「わかってると思うわ」シェリはそっと言った。

「自分がどれだけ幸せ者かもわかっていてほしいわ」

シェリは笑った。「いいから迎えに行ってあげて」

ケイトが急いでいると、玄関から低い声が聞こえた。「もう、ジェームズ」ケイトは笑った。「今夜は鬼監督の話はやめるって、さっきシェリと決めたのよ。あの人が意地悪で横柄なことはみんな――」

兄が一緒にいる相手を見て、ケイトはうろたえて口をつぐみ、頬を真っ赤に染めた。ダミアン！

困惑したケイトを見て、ジェームズは喉の奥で笑った。「見てのとおり、ダミアンを連れてきた」

「鬼監督だ」ダミアンはおどけて言った。

ケイトの頬は赤く染まったままだった。「あなたが一緒にいることに気づいてなかったの」

「気づいていたら何か違ったのか?」

ケイトはつんと顔を上げた。「違わないでしょうね」

ダミアンは薄くほほ笑んだ。「だろうな」

状況を確かめにラウンジから出てきたシェリは、夫にキスしてから客に挨拶した。その隙に、ケイトはダミアンに見られることなく彼を観察した。

ダミアンは相変わらず魅力的だったが、雰囲気が変わっていた。口元と鼻のまわりの冷笑的なしわは深くなり、目元には疲れが出ている。髪は今も濃く、力強かったが、白髪がまじっている。体も細くなり、筋肉が目立っていた。仕事も遊びもやりすぎに見え、特に遊びすぎなのだろうとケイトは思った。

「会えて嬉《うれ》しいわ、ダミアン」シェリはほほ笑んだ。

「僕が鬼監督でも?」ダミアンはからかった。

シェリは笑い、ダミアンをたしなめた。「ケイトに意地悪して失敗を思い出させないであげて」

「ケイトは僕の前で失敗が多い」ダミアンは言った。

ケイトは赤面したが、ジェームズのハグと頬へのキスで、気まずさは一時的にかき消された。ジェームズは咎《とが》めるようにケイトを見た。「元気がないな」

ダミアンに会った驚きが薄れかけ、青白くなった頬にケイトは手をあてた。「私は元気よ、ジェームズ」

「いや、違う。働きすぎじゃないのか？」

ダミアンがこちらを見ているのが感じられ、挑むようなその目と視線を合わせずにいるのは至難の業だった。「今は働いてはいないわ。勉強してるだけ」

「とにかく、お前には合わない。働く必要のない収入があるんだから。講座を終えるころには結婚が決まってるだろうし、そうなれば勉強もしなくていい」

「結婚する気なんてないわ」

「僕もそう言っていた。なのに、何が起こった？」

「何の講座だ？」ダミアンが割って入った。

「秘書講座よ」ケイトはしぶしぶ答えた。

緑の瞳に嘲りの色がにじんだ。「君は秘書というタイプじゃない」その目つきから、ダミアンが想像の中でケイトに別の役をさせているのがわかった。

「着替えてくるよ」ジェームズは暗い声で言った。

「そういえば、君のズボンを借りっぱなしだ」

ジェームズは顔をしかめた。「なぜ僕のズボンを？」

ダミアンは眉を上げた。「ケイトにきいてくれ」

こうなることはわかっていた。だが、ケイトは負けを認めるつもりはなかった。喧嘩腰に顔を上げる。「ダミアンが押しかけてきたときに貸してあげたの」

シェリは困惑した表情になった。「押しかけたって、何？　それとも、この質問はまずかったかしら？」

ダミアンは低い声で笑った。「たぶん」

「そういうことか」ジェームズは仄《ほの》めかされた状況を理解したらしく、唇を噛《か》んだ。「着替えてくる」

「私も行くわ」シェリは急いで言った。

「ジェームズはいつも君の矛盾を無視しようとするのか？」二人きりになると、ダミアンは言った。

「あの夜と朝のことはもう説明したの」

「ジェームズは君の言い分を信じたのか？」

「信じない理由がないわ」ケイトは静かに言った。

「もっともな理由が二つあるだろう。僕が男であること、君が女であること」

「前も言ったけど、誰もが卑しい解釈をするわけじゃないのよ。ラウンジに行って二人を待たない？」

ダミアンはケイトに従い、ケイトに倣って座った。「いつになってもこの状況が理解できそうにない」

「私なら理解しようとも思わないけど」

「今も……誰だっけ、アランと会ってるのか？」

「ええ、アランよ、会ってるわ」

「僕が恋しくならなかったのか？」ダミアンはケイトをじっと見つめ、静かにたずねた。

「恋しくなると思うの？」ケイトは驚いた。

「可能性はある。恋しくなったか？」

「いいえ」ケイトは嘘《うそ》をついた。

そのとき、シェリが部屋に戻ってきた。「夕食の準備ができたって、ジェニングズが。食堂に行かない？」

ケイトはテーブルの向かい側のダミアンを意識するあまり、おいしい料理がほとんど食べられなかった。

全員がラウンジに座ると、シェリはコーヒーを注《つ》いだ。「あなたがジェームズのズボンを借りたのは、ケイトを連れていった週末？」夫からは何の情報も得られなかったのか、シェリは興味津々にたずねた。

「ああ」ダミアンはケイトを見たまま短く答えた。

「そんな言い方をしなくてもいいだろう?」ジェームズは妻を問いつめた。「あの晩は何もなかったんだ」

ケイトのうろたえた表情とダミアンの嘲笑の目つきから、それが嘘であることはシェリにも伝わった。「私がこの話に触れたのは、あの週末は私には幸せな思い出だからよ。私たちが婚約した週末だもの」

夫の顔が曇り、ダミアンが彼を鋭く見据えたのを見て、シェリは自分の発言の何かがまずかったことに気づいた。ケイトが黙ってあきらめの表情を浮かべたため、シェリの困惑はいっそう深まったようだった。

ダミアンはシェリを見た。「あの週末に婚約した?」

自分の発言の効果に気づいていない義姉を、ケイトは気の毒に思った。ケイトはようやく真実が表に出たことにほっとしたが、ジェームズは不機嫌そうだった。ダミアンがどう反応したのかはわからない。最初に驚いたあとは、顔から表情が消えていた。

「ええ」シェリは幸せそうにほほ笑んだ。

「もっとあとかと思ってた」ダミアンは言い募った。

「いいえ、ジェームズがプロポーズしてくれたのは、あの週末よ」シェリは夫に愛のこもった笑顔を向け、ジェームズはもう真実は隠せないと悟ったらしく、しぶしぶ笑みを返した。「もっとあとだった印象があるのは、私は契約が残っていたからアメリカに戻って、そのせいで婚約発表が遅れたからでしょうね」

シェリは悪気なく夫の嘘を暴いた。だがそれは、ジェームズと結婚はしないというケイトの発言が事実だったことの証明でもあった。それが理由でダミアンがケイトの見方を改めることはないだろうが、ケイトが嘘をついていないことはわかってもらえる。

ケイトは腕時計を見た。すでに時刻は遅く、アランに会うためにロンドンに戻らなければならなかった。ケイトは立ち上がった。「ごちそうさま」

ジェームズも立ち上がった。「次はもっと早く来てくれよな？　一週間も会えないなんて寂しいよ」

「数日中にまた来るわ」ケイトは約束した。

「僕が送るよ」ダミアンが低い声で申し出た。

ケイトは緑の目を冷ややかに見つめ返した。「けっこうよ。車で来たから」十八歳の誕生日にジェームズから贈られた緑のスピットファイアだ。

ダミアンは口元をこわばらせた。「じゃあ、向こうで待ち合わせしよう。君に話があるんだ」

「それも無理だと思う」ケイトは拒んだ。

ダミアンは挑むような表情になった。「なぜだ？」

「約束があるから。急いで帰るのもそのためよ」

「アランか?」一瞬、ケイトもダミアンも自分たちが二人きりではないことを忘れた。

ケイトは顔を赤らめた。「そうよ」

「アランに会ったことは?」ジェームズが二人の会話の親密さを打ち破った。「いいやつだろう?」

ダミアンが返した視線は氷のようだった。「話はしていない」だが、アランへの敵意は明らかだった。

「そうか。てっきり——」

「もういい。僕も帰る。シェリ、ごちそうさま」

ダミアンの退席はあまりに唐突で、数分間誰もしゃべらず、固く閉ざされたドアを驚いた顔で見ていた。

「厚かましいやつだ!」やがてジェームズが叫んだ。

「ダミアンだけが悪いんじゃないわ」シェリはたしなめた。「あなたがダミアンを敵視して、明らかにケイトに夢中なあの人にアランを突きつけたんだから」

「だからこそアランを突きつけたんだ。あいつが妹を追いかけ回すのが気に入らないから」

「でしょうね。でも、私の発言もまずかったみたい。なぜダミアンは怒ったの?」シェリは懇願するようにケイトを見た。「あの人、急に警戒し始めたわ」

ケイトは頭を振った。「それは旦那さんにきいて。誰よりも答えを知ってるはずだから。私、もう帰らないと、アランに喧嘩を売ってると思われてしまう」

ジェームズからすべてを聞き出すまでシェリが満足しないのはわかっていたが、ケイトがここに留《とど》まってその見せ物を楽しむ時間はなかった。

自宅に着いたとき、アランは外に停《と》めた車の中に座っていた。ケイトはアランを招き入れ、彼のグラスにウイスキーを注いでから、ソファの隣に座った。

「遅くなってごめんなさい」ケイトが胸にもたれると、彼は肩に腕を回してきた。「シェリの家にいたの」

「楽しかったか?」

「ええ。たわいのない女同士のおしゃべりだったけど」

「それはよかった。僕も嬉しいよ」

ケイトは鋭い目でアランを見た。何かがおかしい。いつもの陽気なアランではない。そういえば、挨拶のときにされたキスも普段より控えめだった。

「何かあったの?」ケイトは不安げにたずねた。

アランは曖昧な表情でケイトを見た。「何かあった? なぜ何かあったと思うんだ?」

ケイトは体を起こし、脚をソファの上に引き上げた。「いつもと様子が違うから。何があったの?」

アランはケイトに回していた腕を引っ込め、ため息をついた。「僕はそんなにわかりやすいか？」

「何があったのか教えてちょうだい」

アランは慈しむような表情で、ケイトの頬を優しくなでた。「なぜ君は僕を愛してくれない？　少しでも愛情を示してくれたら、僕は一生君に尽くすのに」

「どういう意味？」

「君が僕を愛するつもりだったら、すでにその兆しはあったという意味だ」アランはまたため息をついた。「でも、それはない。君といると時間の無駄だ」

ケイトは自分に触れているアランの手にそっとキスした。「アラン、私はあなたのことが大好きよ」

アランは乱暴にケイトの肩をつかみ、軽く揺すった。「それでは足りない。好きなだけじゃだめだ！」

「じゃあ、どうしろと？　どうしてほしいの？」

「君にできることはない。もちろん、あの男のせいだ。君はあいつを愛してる」アランは顔をしかめた。

ケイトはアランの手から逃れて立ち上がり、そわそわと両手を揉《も》み合わせた。「あの男って？」

「ダミアン・サヴェッジだ」アランは言った。

ケイトは声をつまらせて笑った。「馬鹿なこと言わないで！　私、あの人を愛してなんか——」

「愛してるだろう！　あのパーティでの君の反応も、あいつの目つきも見た。あいつとはいつからだ？」

「一度出かけただけよ」だが、顔を合わせたことはほかに何度もあり、そのたびに愛は深まっていた。

アランの口ぶりから、彼が別れを切り出そうとしているのがわかった。だが、当然の結果なのだろう。

「その一度で愛してしまったんだな」

「そうかもしれない」ケイトは静かに認めた。

「やっぱり」

ケイトは苦悶《くもん》のにじむ目でアランを見た。「それでも、私はあなたが好きよ！　それに……私たち、一緒にいて楽しかったでしょう？」

「ああ、でももう終わりだ。正直に言うと、もう会わないほうがいいと思うのは、サヴェッジだけが理由じゃない」アランは青い瞳に困惑の色をにじませ、恥ずかしそうに言った。

「僕も……別の人と会ってる」

「そうだったの」

「仕事で知り合った女性だ」アランは早口で説明した。「この数週間に二回デートした。僕にはスーのほうが合う。僕は君のまわりの業界人にはなじめない」

「でも、だからこそ私は――」

「僕とつき合い始めたんだね」アランが代わりに続けた。「それはわかってた。僕も最初は、君の華やかな雰囲気に惹《ひ》かれたんだと思う。君は本当に特別な人だ。華やかさの奥にいる君もやっぱり好きだと思ったし、その気になればすぐに愛していただろう」

「でも、私がその気にさせなかったのね？」

「最初は期待してたけど、サヴェッジに会ってチャンスはないと悟った。最近は自分に嘘をついていた」

ケイトは咳払《せきばら》いをした。アランのいない生活は寂しいことだろう。「スーというのはどんな人？」

アランの穏やかな笑顔に、その女性への好意が表れていた。そして、それを知っても痛みを感じなかったことで、ケイトは自分の情の薄さを思い知った。

「小柄で、艶のある黒髪に、にこやかな茶色の瞳。ごく普通の女性、かな」アランは肩をすくめた。

ケイトはほほ笑んだ。「アラン、本当によかった」

「僕たちは将来を見据えた交際をしていたわけじゃない。まだお互いへの感情もはっきりしない時期だった。でも、本当のことを言うべきだと思ったんだ」

「ありがとう」ケイトは伸び上がり、アランの唇に軽くキスした。「話をしに来てくれてよかったわ」

「ああ。じゃあ……そろそろ帰るよ」

アランが出ていくと、ケイトは涙に暮れたが、それは別れに動揺したからではなく、急に孤独を感じたためだった。動揺もしていたが、これは最初から予想された結末だった。ダミアンへの感情を克服できるのなら、とっくに克服していたし、この感情への盾として別の男性を利用するのは間違っていた。

まだ九時半だったため、ケイトは時間つぶしの方法を考えた。寝るには早く、外出するには遅い。結局、髪を洗い、風呂に浸《つ》かったあと、マニキュアを塗った。専門学校で入力をするため、爪はほとんど割れ、塗るところはあまりなかった。だが、時間つぶしにはなり、孤独から気をそらすこともできた。

十一時には寝床に入り、本を読もうとしたがあきらめ、眠ることにした。それにも苦労していると、チャイムが鳴り、ケイトは助かったとばかりにベッドを出た。ジョシーが鍵を忘れたのだ。ジョシーはかわいい人で、ケイトの心の友だが、記憶力には難がある。

ジョシーがあきらめてしまう前にドアを開けようと、ケイトは急いで寝室を出た。鍵を外し、すばやく後ろに下がると、ドアが勢いよく開けられた。

戸口で軽くふらつき、険しい目の縁を赤くして、ダミアン・サヴェッジが立っていた。凶暴な目つきで自分を押しのけたダミアンを見て、ケイトは彼が酔っていることに気づき、動揺した。しかも、泥酔しているようだ。ダミアンはウイスキーのにおいをさせながら、勝手にラウンジに入った。ケイトは開けっぱなしだったドアを閉め、ダミアンに駆け寄った。

ダミアンは振り向いたが、さっきはこぎれいだった身なりが今は崩れていた。シャツはほとんどのボタンが外れ、ズボンはしわしわだ。ダミアンに全身を眺められ、ケイトは裸の上に直接着ている薄いねまきをつかんだ。ジョシーを中に入れるだけならローブは必要ないと思ったのだが、もっとよく考えるべきだった。ダミアンの目の表情から、ねまきを着ていることすら間違いだという気がした。

「ここで何をしてるの?」ケイトは問いただし、怒りを奮い起こそうとしたが、心を占めている感情は恐怖、ダミアンの目の表情への恐怖だった。

「僕にそんなことをきくとは愚かだ」ダミアンはあざわらった。「あいつはどこだ? 今も寝室か?」

ケイトは驚いて口をぽかんと開けた。「何のこと?」

ダミアンはますます笑った。「恋人だよ。君が僕をいじめる材料にして喜んでいる、アランとかいう男だ」その口調は明らかにろれつが回っていなかった。

「酔っ払ってるのね」ケイトは非難した。

ダミアンは頭をのけぞらせ、しゃがれた声で笑った。「酔っ払ってるさ！　あたり前だろう？」

ケイトは思わず一歩踏み出し、ダミアンに押しのけられてたじろいだ。「いったいどうしたの？」

「どうしただと？」ダミアンは冷ややかに繰り返した。「君はアランという意中の男とベッドに飛び込むために、今夜ジェームズの家を出たんだぞ。僕が酔っ払うのはあたり前だろう！　君がどんな女か、一晩中何をしているのかを忘れたかったんだ」

ケイトは信じられないというふうにダミアンを見た。「自分が何を言ってるのかわかってないのね」

「もちろんわかってるよ！」ダミアンは灯《あか》りのついた寝室を見た。「あいつは寝室に隠れてるのか？」

「この家にいるのは私とあなただけよ」

「あいつがもう帰ったはずがない」ダミアンは寝室に向かい、足でドアを蹴り開けた。

「さあ、さあ」興味深そうに室内を見回す。「本当に一人きりなのか」

「だからそう言ったでしょう」ケイトはわざと寝室のドアを開けたままにした。「帰ってもらえる?」

「いやだね」ダミアンはベッドの上に座り、隣の空いた場所を手でたたいた。「こっちに来い」

ケイトは目を見開いた。「いやよ!」

ダミアンは乱れた寝具の上に横たわった。「ふむ、気持ちいい」声が小さくなり、ケイトの顔に狼狽《ろうばい》の色が浮かんだ。ここで寝られては困る!

ケイトはダミアンの傍らに駆け寄り、引っ張って立たせようとしたが無駄だった。「寝ちゃだめ!」

ダミアンは返事代わりにケイトの手を引っ張り、自分の上に倒れ込ませた。酔っ払いにはありえない機敏さでケイトをひっくり返し、自分が上にのった。

「ダミアン!」ケイトは懇願した。

細められた緑の目に慈悲はなく、ダミアンは顔を近づけてケイトの喉元にキスした。

「ダミアン、何だ? ダミアン、放して? ダミアン、抱いて?」愛撫《あいぶ》する唇をケイトの胸の谷間へと下ろしていく。

「ダミアン……」唇が触れると、胸は脈打って息づき、〝触らないで〟という言葉は唇の上で消えた。

「ダミアン、抱いて?」ダミアンは低い声で代わりに言った。「そのつもりだ。君を地獄に連れていく」

「地獄？」ケイトは息を切らしてたずねた。

「君と出会ってから僕がいた地獄に、君も連れていくんだ。ああ、ケイト」ダミアンはケイトの唇の上でうめいた。「君が受け入れようとも、最後まで抵抗しようとも、僕は君を自分のものにしてやる」

ダミアンはケイトの唇を野蛮に奪い、優しくするつもりはないこと、これが罰であることを示した。地獄に連れていくと言ったのは、本気のようだった。

「やめて！」ケイトは彼を押しのけようとした。

「やめない」ダミアンは歯ぎしりしながら言った。「これで君は僕をもてあそぶことはできなくなる」

ベッドに押さえつけられ、ケイトが痛みにあげた声は、ダミアンには届かなかった。彼はケイトの体を奪うことに集中し、その唇は念入りで凶暴だった。やがて、ケイトがもう抵抗できないと思ったとき、ダミアンから生気が消え、急に体が重くなった。

「ダミアン？」新たな罠《わな》を警戒しつつ、ケイトは問いかけた。ダミアンが答えないのでもう一度名前を呼んだが、やはり返事はなかった。気を失ったのだ。

ケイトは全身の力を振り絞り、どうにかダミアンを押しのけた。これほど泥酔するとは、よほど大酒を飲んだのだろう。ダミアンを起こすことはできず、ついにケイトはあきらめた。ダミアンにはここで一泊してもらうしかない。ケイトはソファで眠るのだ。

ケイトは部屋を出る前に、ダミアンがくつろげるよう靴を脱がせ、ベッドに脚を上げた。上着も脱がせたかったが、体が重くて動かせなかった。まあいい、朝になって体が痛くなればいいのだ。

寝室から出て電気を消し、背後でドアを閉めても、ケイトはまだ震えていた。朝、ダミアンはひどい頭痛に襲われることだろう。いい気味だわ！

ジョシーが入ってきたとき、ケイトはコーヒーのおかげで少しずつ落ち着きつつあった。ダミアンは失神していなければ、脅しを実行していただろう。ケイトの抗議を受けつけない、鋼の不屈さがあった。

礼儀正しく会話をするには動揺が残っていたため、ケイトは黙ってジョシーのコーヒーを注いだ。

「ありがとう。外にかっこいい車があったわ。ポールと二人で眺めていたの。ここの住人の車かしら」

「違うわ」ケイトは物憂げに答えた。

「持ち主を知ってるの？」ジョシーはケイトを見た。

「ええ」

「誰？」

「あっちで寝てる人」ケイトは寝室の方向を指さした。

ジョシーは目を丸くした。「誰？」甲高い声を出す。

「ダミアンよ」ケイトはコーヒーカップを洗いに行き、拭いて棚にしまった。「誤解される前に言っておくけど、私が招いたわけじゃないわ。あの人が私のベッドに寝ているのは、そこで気を失ったからよ」

ジョシーは顔をしかめた。「でも、どうして寝室に……」

ケイトはため息をついた。「その話は勘弁して。とにかくダミアンはあそこ、私はソファで寝るわ」

「本当に？　私のベッドで一緒に寝てもいいけど」

「いいの、私はここにいる。招かれざる客が夜に徘徊《はいかい》を始めるかもしれないから、見張っておかないと」

「徘徊を始めたら、私の部屋に来るよう仕向けて」

「ジョシー！」

「だって、いい男だもの」ジョシーはにっこりした。

「まあね」ケイトはソファに横になり、毛布をかけた。疲れたあくびをする。「ジョシー、電気を消して」

ジョシーはがっかりした顔になった。「おやすみ」

ジョシーとともに、ケイトの疲れも消えてしまった。朝、ダミアンに言ってやりたいことがある。

朝はなかなか来てくれなかった。急に無数のでこぼこができたような気がするソファの上で、ケイトはほとんど眠れず、何度も寝返りを打った。

七時にはあきらめ、静かに着替えた。コーヒーを二杯入れ、寝室に運ぶ。中に入ると、ドアを固く閉めた。今からダミアンにするのは、完全に個人的な話だ。

ダミアンはまだ眠っていて、黒ずんできたあごが一晩眠ったことを示していた。上着とシャツはいつのまにか脱いでいたが、ズボンはそのままだった。ケイトは数分間、ただダミアンを、日焼けした胸と浅黒いハンサムな容姿を眺めていた。しばらくは優しいまなざしを向けていたが、やがて昨夜《ゆうべ》の記憶がよみがえり、耳のそばにコーヒーカップをどんと置いた。

ダミアンはだるそうに身じろぎ、ぼんやりした緑の目を開いて、慎重に起き上がると、ケイトに目の焦点を合わせようとした。頭がひどく痛むようで、コーヒーをがぶ飲みしてから口を開いた。「おはよう」

「おはよう、ですって！」ケイトは鼻で笑った。

ダミアンは乱れた髪をかき上げ、痛むこめかみを揉んだ。「のんきに挨拶する気分じゃないのはわかる。でも、大声を出さなくてもいいだろう？」

ダミアンが目を大きく開こうとし、失敗してうなる間、ケイトは容赦なくカーテンを開け、部屋の隅々まで朝日を入れた。「おい！」ダミアンはどなった。

「お酒に弱いなら飲まなきゃいいのよ。私のベッドから出て、この家からも出ていってくれる？」

「いやだ」ダミアンは脚を床に下ろし、たじろいだ。「ここで昨夜何があった？」

ケイトはダミアンを鋭く見た。「覚えてないの？」

ダミアンはケイトを見た。「覚えてたらきくか？」

ケイトは無造作に肩をすくめた。「昨夜あなたはこの家に押しかけてきて、罵詈《ばり》雑言をわめき、私をベッドで従わせようとしたわ。必要なら力ずくで」

ダミアンは乱れたベッドをじろりと見た。「それでうまくいったと思うのは、高望みしすぎか？」

「うまくいってはいないわ」ケイトは簡潔に言った。

「残念」ダミアンは黒い眉を上げた。「なぜだ？」

「あなたが気を失ったから。私がいやがったから」

「そうか」ダミアンは考え込むような顔でケイトを見た。「昨夜、僕は君に何か話をしなかったか？」

「いろいろなことを言っていたわ。恋人はどこだ？　まだここにいるんだろう？　質問攻めよ」

ダミアンは疲れたように目をこすった。「頭が痛い！　僕が言いたかったのは、そういうことじゃない。もっと……個人的な話をしなかったか？」

ケイトは鼻で笑った。「もっと個人的な話？」

ダミアンは苦心して立ち上がった。「カーテンを閉めてくれ！　日光に殺されそうだ」

ケイトはため息をついて、ダミアンの要求に従った。「飲みすぎなのよ」

「僕が飲みすぎたのは、君のせいで静かに自己崩壊に陥ったからだ。これ以上は耐えられない。降参だ」

ケイトは目を丸くした。「どういう意味？」

「言ったとおりだ。降参する。君と結婚するよ。昨夜、君にその話をするつもりだったんだが、そんな状態じゃなかったんだろう。ケイト、僕は君と結婚する……君が望むタイミングで」

# 9

　ケイトは唖然《あぜん》としてダミアンを見つめた。本当に彼は、私と結婚すると言ったの？　言った――まさにそのとおりの言葉を。結婚したいではなく、結婚する、と。それはケイトが思うプロポーズとは違っていた。

「冗談でしょう」ケイトは冷ややかに言った。

　ダミアンは首を曲げ、後頭部と凝ったうなじをこすった。「冗談に聞こえたか？」うんざりした口調だ。

「そうじゃないけど。でも――」

「じゃあ、つまらないことを言うな！　今はお遊びにつき合う気分じゃない」ダミアンが肩を回すと、日焼けした肌の下で筋肉が波打った。「君のベッドは寝心地が悪い！　いつもどうやって寝てるんだ？」

「昨夜《ゆうべ》は快適だと思ってたんでしょう。二人で寝ようとしてたくらいだもの。実際、ぐうぐう寝ていたし。私もソファよりベッドで眠りたかったわ」

ダミアンは苦心してケイトに目の焦点を合わせた。「僕と一緒にベッドで寝ればよかったんだ。僕はそう提案したし、これが初めてでもないんだから」

「あのときとは違うわ」ケイトは目をそらした。

「どう違う？」ダミアンは上着のポケットを探り、葉巻を取り出して嬉《うれ》しそうに火をつけた。「唯一の違いは、今回記憶がないのは僕のほうだってことかな」

「そうね」ケイトは動揺を隠すために寝具を整え始めた。「私はそれが自分のベッドだからというだけで、男性が寝ているそばで一緒に寝るような女じゃない。たとえ相手に意識がなくて、何もできなくても」

「昨夜ここに着いたときは、何もできなかったわけじゃないと思う。あまり記憶はないけど」

「記憶がなくても、特に困ることはないわ。いつも以上に失礼だったというだけだから」

「結婚は申し込まなかったのか？」

「ええ」ケイトはきっぱりと言った。

「そのために来たんだけどな。ウイスキーの瓶を半分空けたところで、あと半分飲むか、君にせがまれている指輪を渡すと言いに行くか考えた。外の空気にあたったら、結婚のことは忘れてしまったんだろう」

「結婚って指輪を渡すだけのことだと思ってるの？」

「君が相手ならね」ダミアンは険しい表情になった。「君は金の指輪をメインイベントだと思っているようだし、僕はどんな代償を支払ってでも君を手に入れなきゃいけないから、それを君に渡すつもりだ。離婚のときには財産分与もしなきゃならないけど」

「続かないと思ってるのね」ダミアンの結婚観はケイトにナイフのように刺さった。少女時代に彼からのプロポーズを夢見ていたとしても、決してこんな、体の代償に結婚指輪をもらうような形ではなかった。

「続くと思うか？　夫婦の五割が離婚するこのご時世に、性欲と強欲に基づいた結婚が長続きするとは思えない。でも、数週間、数カ月なら楽しいだろう」

「サヴェッジ家の男性の一生に一度の恋とやらはどうなったの？」ケイトは嘲るように言った。

ダミアンは肩をすくめた。「僕の前を素通りしていったんだろう。さあ、結婚はいつがいい？」

「まだプロポーズされてないわ」

ダミアンは顔をしかめた。「しなきゃいけないか？」

「そう思うけど。それが一般的な習慣でしょう？」

「だとしても、これは一般的な結婚とはほど遠い。まあいい、君が望むなら！　僕と結婚してくれ」

それが礼儀正しい求婚でないのはわかっていたが、それでもやはり求婚で、しかも相手はケイトが愛する男性だった。だが、彼はケイトを愛してはおらず、愛しているふりさえしてくれない。結婚してもいいと思うくらい、ケイトの体が欲しいだけだ。

愛はこの先育まれるかもしれない。結婚を通じて関係が深まれば、ダミアンに愛してもらえるかもしれない。ケイトは求婚を断るのが正しい答えだとわかっていたが、受け入れたい気持ちが強すぎた。

ケイトはダミアンを愛しているのだから、彼に愛してもらうチャンスをもらってもいいはずだ。たとえうまくいかなくても、少なくとも挑戦はできる。

「私のこと、好き？」ケイトはおずおずとたずねた。

ダミアンは苦い表情になった。「プロポーズだけじゃなく、愛の告白までしろと言うのか？」

「好きじゃないのね？」ケイトは肩を落とした。

「僕は君が欲しい、それだけじゃ不満か？」

「不満には思わないようにする」ケイトには最初から答えがわかっていた。どんな結果になろうとも、愛する男性と結婚する以外に道はなかった。

「それは、結婚してくれるという意味か？」

「ええ」

「よかった。さてと、洗面所の場所を教えてくれ。顔を洗ってさっぱりしたい」

ケイトはダミアンの事務的な態度に落胆したが、表には出さないようにした。キスくらいはしてくれるかと、ケイトの人生最大の決断を何らかの形で肯定してくれるかと思っていた。だが、彼は何も言わず、何もせず、葉巻の残りを吸いながら、鬱々とした美しい顔でケイトの指示を待っていた。

ケイトはダミアンにシャツを放った。「これを着て。ジョシーの前を半裸でうろつかないでほしいの」

不機嫌なケイトに、ダミアンは低く笑った。「君が僕のものになったら、その気性の荒さも落ち着くよ」

「それはどうかしら」ケイトは言い返した。

「そうなるさ。僕はそれを楽しみにしてる。洗面所は？」

ケイトはむっつりとダミアンを浴室に案内し、清潔なタオルを渡した。「よかったら、女性用シェーバーを使って。コンセントは棚の横にあるから」

「ありがとう」ダミアンは身をかがめ、ケイトの鼻先にキスした。「さあ、ルームメイトがここに来たとき、僕たちが一緒にシャワーを浴びているところを見られたくなかったら、君は浴室から出ていってくれ」

ケイトは今もダミアンにからかわれて動揺する自分に腹を立て、そそくさと浴室を離れた。たった今結婚を承諾した相手なのに、ダミアンのことがよくわからない。自分に愛があればじゅうぶんなのか？　愛があることをダミアンに気づかれたら、武器として利用されてしまうのではないか？

だが、ダミアンもケイトを愛し始めない限り、ケイトの愛が知られるはずはない。ダミアン・サヴェッジと結婚する！　信じられない。だが、一筋縄ではいかないだろう。ダミアンはときに気難しく、残酷で、ケイトを簡単に傷つけることができる。

だが、それは冒す価値のあるリスクだ。ダミアンには地獄を見せられるかもしれないが、天国にも連れていってもらえるだろう。ケイトはその賭けに出たいくらいには、ダミアンを愛していた。口で言うほど、ダミアンが結婚を軽く考えているとは思えない。だが、今朝はキスをしてくれなかった。鼻先に軽く唇をつけるくらいではキスとは呼べない。

ダミアンがこの結婚をベッドの中だけのものにして、それ以外の時間はケイトを無視するはずがない。ケイトもそんな屈辱は受け入れられなかった。

ケイトがキッチンでスクランブルエッグとトーストを準備していると、花柄のスモックと青いデニムに着替えたジョシーが入ってきた。三人分の食事が用意され、ジョシーが新しいコーヒーカップを出した。

「着替えなきゃいけない気がして」ジョシーは楽しげに言った。「ミスター・サヴェッジもいるのよね？」

「浴室よ」昨夜、ダミアンにあんな態度をとっていながら、彼と結婚することになったと、ジョシーにどう説明すればいい？　頭がおかしいと思われる。しかも、ジェームズにも伝えなければ！

ジェームズは激怒するだろう。彼はダミアンが妹の夫にふさわしいとは思っていないし、結婚する理由を知ればなおさらだ。猛反対するに違いない。

結婚式の問題もある。引き受けてもらえるなら、新婦を新郎に引き渡す役をジェームズに頼みたい。でも、ダミアンは何と言う？　文句しかないだろう。

「もう出たよ」ダミアンは白いズボンとシャツというきちんとした姿に戻って、腕にベルベットの上着をかけ、背後から言った。「おお、朝食だ。お腹がぺこぺこだよ！」ジョシーに笑いかける。「僕のせいで浴室に入れなかったんじゃなければいいけど」

ダミアンの磨き抜かれた愛嬌《あいきよう》に、ジョシーは頬を赤らめた。「大丈夫、シャワーはあとにするから」

「ケイトに聞いたかな？　僕たち結婚するんだ」ケイトがじろりと見ても、ダミアンは少しもひるまなかった。「君も結婚の予定があるんだよね？」

ダミアンの言葉にジョシーはあっけにとられ、ケイトは朝食の皿をダミアンの前にどんと置いた。こんな形でルームメイトに結婚を告げたくはなかった。

「ええ」ジョシーは蚊の鳴くような声で答えた。「あの……私、知らなかった……あなたたちが……」

ダミアンは困惑するジョシーに笑いかけ、がつがつと朝食を食べた。「ケイトも同じくらい驚いていた」

ジョシーはかすかに手を震わせながら、三人分のコーヒーを注《つ》いだ。「結婚式はいつ？」

「それはまだ――」

「来週だ」ダミアンは朝食を食べ続けた。

「まあ！」ジョシーは笑った。「あなたって本当に、一瞬で女性をさらっていくのね」

ダミアンに勝手に決められ、ケイトは怒りに身をこわばらせた。「ちょっと待って！　私――」

ダミアンはケイトを完全に無視した。「ケイトのような人には、それしか方法がないんだよ」ようやくケイトを見た。「座って朝食を食べろ、冷めるぞ」

「いや！　よくもそんな口のきき方ができるわね！」

ダミアンは立ち上がった。「興奮したせいで気が立ってしまったんだな。ごちそうさま。僕は自宅で着替えてからまた来る。ジョシー、会えてよかった」

ケイトは玄関でダミアンをつかまえた。「また来るってどういうこと？　しかも、結婚式は来週って？」

ダミアンはため息をついてケイトのほうを向いた。「だって事実だから。あと何週間も何カ月も君を待ちたくないと言っただろう。これは普通の結婚じゃない。僕は君が欲しいし、君は自分の欲望を合法化したい。結婚特別許可証を取るから、来週結婚しよう。この点を議論するつもりはない。また来ると言ったのは、婚約期間は確かに短いけど、それでも婚約指輪を贈りたいからだ。一緒に買いに行こう」

「でも……今結婚したら新婚旅行に行けないわ」ケイトはやけになって言った。「映画の撮影中だもの」

「撮影が終わる数カ月後まで待つつもりはない。ケイト、無茶を言うな。僕は今すぐ君が欲しいんだ」

ケイトの目に涙があふれた。「撮影が終わるまで待つくらいなら、結婚はしたくないってこと？」

「今朝はくだらない質問ばかりするんだな！　僕たちが出会って……ええと、五カ月になるが、僕は最初から君が欲しかった。その思いは少しも弱まらず、むしろ強くなる一方だ。あと二カ月経《た》っても同じだろう。でも、僕がそこまで待てるとも思えない」ダミアンは単刀直入に言った。「だから、来週結婚するか、結婚せずに僕に抱かれるか、君の選択肢はその二つだ」

ケイトはダミアンが本気であることも、自分が言葉でも体でもダミアンに勝てないことも知っていた。

「一つ条件があるの」ケイトはそわそわと言った。

ケイトが言いにくそうにしていることに気づいたのか、ダミアンは目を細めた。「何だ？」

「新婦を新郎に渡す役をジェームズに頼みたいの」

ダミアンの顔が怒りと疑念に覆われるのがわかった。「あいつがシェリと結婚したことを罰したいのか？　人前で君を別の男に渡させることで？」

「ジェームズに頼みたいの」ケイトは言い張った。

「僕はいやだ。僕たちが結婚する理由は一つだけだが、これ以上恥はかきたくない。君がジェームズと暮らしていたことはみんな知ってるんだ。僕たちの結婚式で彼が新婦を引き渡す役をやれば、どんなゴシップになるか考えてみろ」頭を振る。「だめだ」

ケイトは譲らなかった。「それが自然な形なの」

「だめだと言ってるんだ」

「じゃあ、結婚はしない」ケイトは声をつまらせた。

ダミアンは凶暴さを抑えてドアを開けた。「くそ女！」部屋が揺れる勢いで、ドアをたたきつけた。

ジョシーが飛び出してきた。「何があったの？」

ケイトは涙目で彼女を見た。「史上最短の婚約かも」

「それは……もう喧嘩《けんか》したってこと？」

ケイトは弱々しくほほ笑んだ。「そういうこと」

「婚約は破棄するって？」ジョシーは展開についていけない様子だったが、それはケイトも同じだった。

ケイトは自分でも認めたくないほど混乱し、傷ついて、肩をすくめた。「わからない。出ていっただけ」

ジョシーは励ますようにほほ笑んだ。「戻ってくるわ。プロポーズしたばかりで、気が変わるはずがないもの。婚約期間は誰にとっても難しいものよ」

「でも、まだ婚約して三十分なのよ！　ああ、なぜ四六時中あの人に腹を立てているのかわからない。私たちしょっちゅう喧嘩してるの。結婚が決まればその状況も変わると思った私が馬鹿だった」

「大丈夫、戻ってくるわ」ジョシーは断言した。

ケイトもそう確信できればと思った。ダミアンが来たときに備え、シャワーを浴びて着替えたが、ジョシーが午後にポールと出かけても、彼は来なかった。やがて客が来たが、ダミアンではなかった。

「ジェームズ！」ケイトは落胆を隠せなかった。

「熱心な歓迎だな」ジェームズは顔をしかめた。「僕が何をしたというんだ？」

「何も。ただ……いいの。入って」ケイトは兄をラウンジに案内した。「今日はなぜロンドンに？」

「ダミアンに会うためだ」

「ダミアン？」ケイトは鋭く繰り返した。

「ああ、ダミアンだ」ジェームズはケイトをじっと見た。「今朝、全員がミーティングに呼ばれた」

「もうダミアンに会ってきたの？」

ジェームズはため息をついた。「そう言ってるだろう。今日は何なんだ？　さっき僕を誰だと思った？」

勘がよすぎる！「別に」ケイトは嘘《うそ》をついた。

「まあ、それはいい。もっと気になる話がある。今朝ダミアンは爆弾を落とした。ミーティングのあと、ついでのように僕たち全員を結婚式に招待したんだ」

「そうなの？」ケイトは驚き、声に興奮がにじんだ。

「ああ。実にショッキングな知らせだった」

「誰と結婚するか言ってた？」ジェームズの態度から、それはなさそうだった。だが、ケイトのもとを去ったあとで映画関係者に結婚を発表したのなら、まだ結婚する気はあるということだ。よかった！

「いや。驚きのあまり誰も質問できなかった。相手は誰だろう？　ダミアンに恋人がいるとは知らなかったし、むしろその逆だと思ってた。パーティにも来ないし、誰かに興味を示していた覚えもない。もちろん、お前は別……」ジェームズにじろりと見られ、ケイトはつい顔を赤らめた。「ケイト！　お前じゃないよな？　お前はダミアンと結婚しないよな？」

「するわ」ケイトは静かに言った。

「そんなはずがない！　昨夜、お前たちがうちにいたときは、恋人同士のようには見えなかった」

「今朝、プロポーズされたの」

「今朝？　でも――」

「私は承諾した。私、ダミアンを愛してるの」

「じゃあ、なぜ幸せそうな顔をしていないんだ？」ジェームズは立ち上がり、室内をうろついた。「お前は婚約したての女性には見えない。僕がプロポーズしたとき、シェリは顔を輝かせていた」

「私と違って、シェリは相手の気持ちを確信できていたのよ。私たちもう喧嘩したの。原因はあなた」

「僕？」ジェームズは足を止めた。「僕が何をした？」

「私があなたと暮らし始めたとき、あなたが世紀のロマンスのように見せかけたせいで、私たちは世間に幻想を持たれているの。ダミアンも完全に誤解していて、私が新婦を新郎に引き渡す役をジェームズに頼みたいと言うと、頭ごなしに否定されたわ」

「僕たちのことをあいつに話せと言うのか?」

ケイトは頭を振った。ダミアンはケイトを世慣れた経験豊富な女だと思っているから、バージンだと知られれば、もう求めてはくれないかもしれない。彼はすべてを心得た女性、男性を気持ちよくできる女性を好むのだ。「ダミアンが理解してくれると確信できたときに話すわ。今は余計に状況が悪くなりそうで」

「なぜそんなことに? 事実を伝えるだけだろう」

「ダミアンは私に恥をかかされたと思いそうだもの」ダミアンはしばらくの間、事実を曲解したがるはずだ。「私たちが正式に夫婦になって、彼にどう伝えればいいかがわかってからのほうがいいと思う。今はメリットよりデメリットのほうが大きいわ」真実を知れば、ダミアンは結婚も中止するかもしれない!

「ダミアンとの結婚には賛成できない」ジェームズは顔をしかめた。「僕があいつをどう思ってるかは知ってるだろう。それに、あいつは一人の女性を愛し続けられる男じゃない。遊び人だ……わかるだろう」

ケイトはちゃかすようにほほ笑んだ。「シェリの話だと、改心した遊び人は最高の夫になるそうよ」

ジェームズは頬を赤くした。「僕はあいつとは違う」

「そうかもね。お願い、ジェームズ、おめでとうと言って。私にはその言葉が必要なの」

ジェームズは懇願するようにケイトを見た。「どうかあいつとの結婚は思いとどまってくれ。お前がこんなふうに人生を台なしにするのは見ていられない」

「ジェームズ、私はダミアンを愛してるの」

「だから、僕もその状況に慣れろと？」

「そんなところ」ケイトはうなずいた。

「無理だ……」チャイムの音にジェームズは黙った。

ケイトは立ち上がり、理解を求めるようにジェームズを見た。「ダミアンだわ。喧嘩を売らないでね」

「喧嘩を売ってくるのは向こうだ」

「ええ、でも……ああ、もう！」チャイムが再び鳴り、ケイトは毒づいた。「ドアを壊される前に中に入れないと。ジェームズ、礼儀正しくしてね」

「努力はする」

ケイトは急いでドアを開けに行ったが、ダミアンが勝手に入ってきたので後ずさりした。

「もう出かけられるか？」彼は唐突に言った。

今は無理だ。「お客さんが来てるの」

「ほう？ 誰だ……ってきくまでもないか？」

大股でラウンジに向かうダミアンに追いつこうと、ケイトは小走りになった。ジェームズを見たとたん、ダミアンは明らかに腹を立てた。挑戦的な態度になり、この会合が穏やかに終わる見込みはたちまち消えた。ジェームズも相手に軽蔑的な態度をとられておとなしく引き下がるタイプではない。

「君は行動が早いな」ダミアンは辛辣に言った。「僕が結婚する相手がケイトだと、なぜすぐにわかった？」彼は今ケイトを見ていて、その顔に浮かぶ嫌悪感に、ケイトは後ずさりした。「僕が愛する婚約者に電話で教えてもらったからだろう」

ケイトは頭を振った。「違うの、ジェームズは――」

低い肘掛け椅子に座っているのは不利だと感じたのか、ジェームズは立ち上がった。

「たった今、ケイトから君と結婚すると聞いた。僕は反対だ」

「もう、ジェームズ！　約束したでしょう」

「僕の将来の妻と何を約束したんだ？」ダミアンは危険なほど静かな声でたずねた。

ジェームズはダミアンの傲慢さにはひるまなかった。「約束はしてない、努力すると言っただけだ。でも、君とは喧嘩を避けるどころか、まともに話すこともできそうにない。君はどうしようもなく傲慢だ。ケイトに少しでも分別があれば、結婚は考え直すと言うだろう。僕は君と仕事をしているから、君に耐えなきゃいけないが、ケイトには選択権がある」

ダミアンはむっつりと唇を引き結んだ。「ケイト?」

ジェームズが自分の気を変えさせようとしているのはわかったが、ダミアンを愛しているケイトにそれはできなかった。ケイトはダミアンの曲げた腕に手をかけ、兄を見た。

「私はダミアンと結婚する」

この結婚を止めるチャンスが指の間からすり抜けたことを悟ったのか、ジェームズはため息をついた。「じゃあ、僕はその状況に慣れるしかないようだな」

「ダミアン?」ケイトは促した。

ダミアンはいらだたしげにケイトに目をやり、その揺るぎない視線に気づくと、やはりため息をついた。「ケイトは結婚式で、新婦を新郎に渡す役を君に頼みたいそうだ。個人的には君には出席もしてほしくないが、ケイトはそれが結婚の条件だと言うんだ」

「個人的には僕も出席したくない。ケイトが君みたいな、すけべ野郎に身を投げ出すところを見るなんて耐えられない」ジェームズはぶしつけに言った。「でも、僕にはそれを引き受ける理由がある。君もその理由を知ったら、自分が馬鹿みたいに思えるだろう」

「ジェームズ!」ケイトは大声でたしなめた。

「君に助け船を出してもらわなくていい」ダミアンはケイトが口をはさんだ意図を誤解し

た。

「もう帰るよ」ジェームズは沈んだ声で言った。「さっき言ったことは本気だ。お前はダミアンに身を投げ出そうとしているんだよ、ケイト」

「君の意見は不要だ」ダミアンはぴしゃりと言った。「結婚式は来週だ。日時はまた連絡する」

ジェームズは足を止めた。「来週?」信じられないというふうに繰り返す。「来週結婚するのか?」

ダミアンは眉を上げた。「そこにも反対するのか?」

ケイトを見たジェームズは、きらめく茶色の瞳に愛が輝いているのに気づいたのか、ゆっくりと頭を振った。「いや。じゃあな、ケイト。ダミアン」

兄が出ていくと、ケイトはおそるおそるダミアンを見た。「もう来てくれないかと思った」

ダミアンはケイトから離れ、ケイトの手は彼の腕から落ちた。「君がまたあいつと二人きりでいたら、あいつをぶちのめす。そのあと、君に取りかかる」

「ダミアン!」ケイトは唖然とした。「あなたが女性を殴るような男性だとは思わなかった」

「違うよ」ダミアンは残忍にほほ笑んだ。「女を罰する方法は、殴る以外にもいろいろある」その言葉を裏づけるように、ケイトの体を眺め回した。

ダミアンの言っている意味がわかり、ケイトは顔を赤らめた。「わかった」唇を噛《か》む。

「よかった。僕たちの契約には浮気しないことも含まれる。僕に君を別の男と共有させようなんて思うな。僕の妻でいる間は、僕だけのものでいるんだ」

「わかったわ」そんなことは簡単だ！　今までダミアンほど惹《ひ》かれる男性に会ったことはないし、ダミアンに対する反応がほかの男性相手に表れたこともない。いつまでもダミアンだけを思うだろうし、それは彼のケイトに対する興味よりも長く続くだろう。

「僕は本気だ。家に帰ったとき、君がジェームズ……いや、どんな男と一緒にいるところも見たくない」

「自分が家にいないときはジェームズも仕事をしているとわかるのは便利ね」

「マットもな。あのアランとかいうのはどうなった？　僕はあいつにも嫉妬しなきゃいけないか？」

「アランとは終わったわ」

「君は僕以外の全員と終わっている」ダミアンは警告するように言った。「僕が君に結婚指輪を贈るのは、君の時間と体に対する権利を独占するためだ」

ケイトはひるんだ。「ほかの言い方はできないの？」

ダミアンはいっそう苦い顔になった。「ほかの言い方は思いつかない。君は僕の欲望を利用して結婚に持ち込んだ。どういう感想を持てばいい？　最高？」

「無理に私と結婚しなくていいのよ」

「いや、結婚はしなきゃいけない。君への欲求で頭がおかしくなりそうなんだ。今まで女性が仕事のじゃまになったことはないが、君は……実に都合の悪いタイミングで頭の中に入り込んでくる。しかも、マットとジェームズを見るたびに、やつらが君に触っているところが思い浮かぶ。もう耐えられないよ」

「結婚はいつまで続ける気なの？」ケイトは息をつめて答えを待った。

ダミアンは肩をすくめた。「続く限りは」

「あなたが私に飽きるまでね」

「君が今はとても重要だと思っている金の指輪を眺めるのに飽きるまでかもな。そうだ、そろそろ婚約指輪を見に行かないか？　一緒に結婚指輪も買おう」

「婚約指輪はいらないわ」

「君の希望はどうでもいい。今日は僕の母に会うし、母は君が婚約指輪をはめているものと思っている」

「お、お母さん？　お母さんに会いに行くの？」

「今そう言っただろう？」

「でも……お母さんはイギリスにお住まいなの？」

ダミアンはちゃかすようにほほ笑んだ。「母に会いにアメリカに飛ぶのかってことなら、それはないよ」

「でも……予想外で。私、てっきり――」

「母はイギリス人だ。五年前に父が亡くなってこっちに戻った。今はハンプシャーの景色のいい場所に住んでいる。さっき母に電話して今夜行くと言った」

「驚いてた？　結婚のこと」

「母は僕の行動にいちいち驚かないようにしているよ。でないと、老け込んでしまうから」

「想像がつくわ」

「君のほうは挨拶しなきゃいけない家族はいるか？」

ケイトの唯一の家族は結婚式に出ることが決まっているが、ダミアンは知らない。ジェームズにはひどく心配をかけてしまった。だが、ケイトはこの結婚を成功させること、愛を双方向のものにすることを決意していた。結婚後、ダミアンとの関係が安定したら、ジェームズとの血縁を説明するつもりだ。ダミアンは理解してくれるはずだ。でないと困る！

「いいえ」ケイトはきっぱり答えた。「私の結婚に少しでも興味を持ちそうな親族は一人もいないわ」

# 10

「とってもきれいよ、ケイト」サラ・サヴェッジはケイトの頬に優しくキスをした。「この評判の悪い息子と結婚するには、若すぎるし美人すぎるわ！」

ダミアンは隣に戻ってきたケイトに目をやり、抱き寄せた。「結婚を反対するには遅いよ。結婚してまだ一時間だろうと、ケイトは僕のものになった」

その我が物顔な言い方に、ケイトは笑った。「サヴェッジ家の男性はみんなこんなに独占欲が強いの？」

「例外なく」サラは励ますようにケイトの手を握った。「披露宴は順調よ。あなたたちがそろそろ抜け出したいなら、お客さんには私が挨拶しておくわ」

「お願いするよ」ダミアンは即座に同意した。

ケイトは悲しげにウエディングドレスを見下ろした。「着替えてもいい？　このまま帰りたくないの」

二人はシェリとジェームズの結婚式ほど客は招かなかったが、大勢が集まった。ケイトが招待したのはジョシーとポール、シェリとジェームズだけだった。ケイトは兄とシェリと一緒に登記所に行ったが、それは主にジェームズの主張によるものだった。

今日は結婚式！　ケイトは一日中奇妙な夢を見ている気分で、しかも一日はまだ終わっていなかった。今夜は名実ともにダミアンの妻になるわけで、そのことに大きな恐怖を感じていた。

それは、婚約中のこの一週間、ダミアンから親愛の情がほとんど感じられなかったからだ。最初は結婚式の準備で忙しいせいだと思っていたが、今ではそうも思えなかった。ダミアンに普段以上に冷たくされたせいで、ケイトは今夜がいっそう不安だった。

「着替えてこい」ダミアンは言った。「君専用の一階の部屋を使えばいい」

「失礼します」ケイトは義母におずおずとほほ笑んだ。「すぐに戻るわ、ダミアン」その険しい顔立ちが自分に向かって和らぐのを見たくて、祈るような気持ちでダミアンを見たが、無駄だった。「ダミアン？」

「ここで待ってるよ」ダミアンはいらいらと言った。

ケイトはダミアンの表情から急いで目をそらした。それは新郎らしい態度とは思えなかった。ケイトに黙って専門学校の退学手続きをしたとき、ダミアンの横暴さに気づくべきだった。ケイトが抗議すると、ダミアンは妻を働かせる気はないと冷静に言った。

今ではケイトへの欲望すら薄れたように見える。ダミアンが熱い思いを口にしている間はうまくいくかもしれないと思えたが、今の態度には何の希望も持てなかった。軽い興味すら示してくれないのだ。

着替えが入った小さなスーツケースがホテルの部屋で待っていた。あとはダミアンの家に帰るだけだ。月曜の朝にダミアンは撮影現場に戻り、新婚旅行に出かける暇はない。

「ケイト、大丈夫？」シェリが部屋に入ってきた。

ケイトは唇を震わせてほほ笑んだが、その笑みはすぐに消えた。「結婚式はどうだった？」

「すてきだった。ジェームズは自分たちの式以上にそわそわしていたけど」シェリは義妹をじっと見た。「ダミアンと結婚して、本当によかったの？」

「もう！」ケイトは笑みのこもった目でシェリを咎《とが》めた。「あなたは私の味方だと思ってたわ。私がダミアンとつき合うことに賛成してくれていたはずよ」

シェリはケイトが脱いだウエディングドレスをまとめ、薄紙に包んで専用の箱にしまいながら、うなずいた。「確かに、ダミアンとデートすることには賛成したわ。でも、結婚って！　それはまったく別の話よ。ダミアンのような男性とつき合う経験は積極的にするべきだわ。私もダミアンと二回デートしたから、あなたが彼に夢中になるのは理解できる」

「でも……？」

「結婚はどうかと思う」シェリはずばり言った。

ケイトは肩をすくめた。「あなたが結婚したジェームズも、ダミアンと同じ遊び人だったと思うけど」

「それは本人が真っ先に認めるでしょうね。でも、ジェームズもあなたがダミアンと結婚するくらいなら、遊びの恋のほうがましだと思っているはずよ」

「そうなの？」

「ジェームズはあなたに傷ついてほしくないの」

「ダミアンと遊ぶだけなら、私は傷つかないと思ってるの？」ケイトは黒のベルベットのスーツを着た。

「だって、てっきり……あなたたちはもう……」

「いいえ」ケイトはきっぱりと言った。「まだよ」

「そう」シェリは唇を噛《か》んだ。「それで、あなたはダミアンを心から愛しているのね？」

「心から」

「じゃあ、これ以上言うことはないわ。ダミアンのお母さんとはどう？　感じのよさそうな方だけど」

今日初めて、ケイトは自然な笑顔になれた気がした。サラ・サヴェッジには初めて会ったときから好感を持ち、その好感は互いに本物の愛情へと発展した。今も美しいこの小柄な女性は、ダミアンが唯一その意見に耳を傾け、気にかけている相手のようだった。実際、ダミアンが気性の荒い母親にこっぴどく叱られ、それを素直に聞いているところを二度ほど目にした。

「そうなの」ケイトはためらわず同意した。

「結婚についてはどう思ってるの？」

「賛成してくださってる。心から」

シェリはケイトをハグした。「私、あなたの幸せを願ってる。ジェームズも同じよ。少し引き気味なのは許してあげて。あなたの幸せが心配なだけなの」

ケイトは自分も不安であることを悟られたくなくて、スーツケースを閉じようと後ろを向いた。「そろそろダミアンが痺《しび》れを切らしそうだわ」

「ふうん、まだ結婚生活が離陸もしていないのに、もうダミアンを怒らせることを恐れてるのね」

「そうよ」ケイトは笑ったが、結婚生活の墜落はもう決まっている気がした。

ケイトがようやく戻ったとき、ダミアンの姿は見あたらず、おかげで兄に挨拶する時間ができた。

「僕が必要になったら、ためらわず言ってくれ」ジェームズはケイトに温かな言葉をかけた。

「わかってる」ケイトはジェームズを強く抱きしめた。結婚は誰にとっても大きな一歩だが、ケイトの場合は人生が大惨事になってもおかしくなかった。

ダミアンが突然隣に現れ、ケイトの腕を軽くつかんだため、会話はそこで終わった。

「披露宴会場には戻らなくていい。母が挨拶してくれるから」

ケイトは急にひどい気後れを感じ、ダミアンを見られなかった。「お母さんに挨拶したほうがいい？」

「挨拶なら僕がしたからいい。母には数日中にまた会うし」ダミアンはジェームズに冷ややかな目を向けた。「大事な相手にはもう挨拶したようだな」

「ええ」ケイトはのろのろと言った。

驚いたことに、ダミアンはジェームズに握手を求めた。「式の間、支えになってくれてありがとう」

「どういたしまして」ジェームズはむっつり答えた。

「さあ、行こう」ダミアンはぶっきらぼうに言った。

自宅までは車で十分だったが、二人とも口をきかなかったため、それ以上に長く感じられた。ケイトが黙っていたのは、時が経《た》つにつれ緊張感が増していったからで、ダミアンは何かを考えているように見えた。ケイトの胸をざわめかせる何か別のことを。

この冷静な、皮肉めいた顔の裏で何を考えているのだろう？　何も言わず、ほほ笑みもせず、今もケイトを求めていると示す態度を見せてくれないのはなぜ？　そこにあるのは、誰が相手でも同じ、冷ややかな礼儀正しさだけだった。だが、ケイトは今やほかの誰とも違って、ダミアンの妻であり、彼にそこまで雑に扱われる筋合いはなかった。

ダミアンへの怒りは刻々と高まり、彼の自宅に入るときには沸点を超えそうになっていた。いや、それは今や〝二人の〟自宅であり、映画制作が終わってアメリカに向かうまで一緒に住む家だった。そのときにまだ、結婚が続いていればの話だが。

ダミアンは酒がのったトレイに直行し、グラスにウイスキーを注《つ》いだ。「これが飲みたかったんだ。結婚式がこんなにも神経のすり減るものだったとは！」

ケイトは進む気になれず、戸口に留《とど》まっていた。見知らぬ人と結婚したような気がしていた。「結婚相手に一日中無視されていれば、なおさらよ」

ダミアンはケイトに険しい目を向けたあと、ウイスキーを注いで渡しに来た。「気分がよくなるぞ」

ケイトはグラスを無視した。「気分は悪くないわ」

「そんなはずはない。とにかく飲め！」

「けっこうよ」ケイトは頑《かたく》なに言い、室内を見回した。そこは記憶と寸分違《たが》わず、花嫁を自宅に迎える用意はなかった。部屋を明るくするための花すら。

ダミアンは肩をすくめ、グラスを置いてケイトのそばに来た。「すぐ夕食にする？　しばらく横になるか？　今日は君のほうが疲れているはずだ」

確かに疲れているうえ、昨夜《ゆうべ》はダミアンと結婚するのは正しい選択なのか、愛情だけで結婚初夜に耐えられるのかと悩み、早朝まで寝つけなかった。

だが、ダミアンの目が陰を帯びるのを見て、横になるという提案が思いやりから出たものではないことがわかった。ケイトを寝かせるつもりはないのだ。

「夕食にする」ケイトはダミアンの目の意味深長な輝きを無視した。「披露宴では忙しくてあまり食べられなかったから。週末分の食材はある？」結婚式の準備にそんなことが含まれるとは思いもしなかった。

「たっぷりあるよ」ダミアンは鼻で笑った。「家政婦は僕たちが何週間も家にこもると思ったらしい。自分がそういう新婚旅行をしたんだろうな」

「たいていの人がそうよ」

ダミアンはにやりとした。「僕が君の体にそこまで溺れるとは思えない。君のことは欲しいが、一週間も二週間も外の世界を忘れてしまうほどじゃない」

つまり、まだ私を求めてはいるのね！　最近ではそれすら疑い始めていたため、ケイトはほっとした。「月曜に仕事を再開する時点でそれはわかってるわ」

ダミアンは後ろに下がった。「期限があるんだ」

「それが第一なのよね」ケイトは辛辣に言った。

「そういうことだ。まずは食事をしよう。君は空腹のせいで意地悪になっている」

「私はいつでも意地悪よ」

「とにかく食事だ！」

二人はキッチンに入った。

ダミアンは冷蔵庫を調べた。「何を食べるの？」

「それでいいわ。着替えてから作る」ケイトは向きを変えたが、どこを二人の寝室にするのかも、どこに自分の服が置かれているのかもわからなかった。

「君が着替えている間に僕が夕食を作る」ダミアンは言った。「四柱式ベッドの部屋を二人用にしたよ」

「まあ、ロマンティック」ケイトはちゃかした。神経質になるあまり、ダミアンにきつくあたってしまう。心を落ち着かせないと、大惨事の一夜になってしまいそうだ。「ごめんなさい」

「着替えてこい。場所はわかるだろう」硬い声で言った。

「ええ」

部屋はケイトの記憶どおりで、寝具が誘うように折り返されている点だけが違っていた。これも家政婦の仕業だろう。ダミアンではありえない。

ケイトはダミアン同様、気づかいはしないと決め、着るつもりだった美しいイブニングドレスではなく、デニムと厚手のセーターを身につけた。キッチンに戻ると、ダミアンはケイトの前にステーキを置いた。

ケイトはステーキを食べ、サラダを少し取った。ダミアンのステーキの焼き方は完璧で、一人にされても食事に困ることはない男性だと思えた。

ケイトは添えられていたワインを飲み、唐突に言った。「クリスマスまで結婚は続いてるかしら？」

ダミアンは眉を上げた。「僕のプレゼント代を貯《た》められるかどうか心配してるのか？」

ケイトは肩をすくめた。「きいてみただけよ」

ダミアンもワインを飲み、椅子にもたれてケイトを見た。「クリスマスはいつだ？　五、六週間先か？　そうだな、最低二カ月は一緒にいて楽しいだろう。だから、クリスマスにはまだ結婚していると思うよ」

「まあ！」

「がっかりしたのか」

「驚いたのよ」そして、傷ついた。二カ月……ダミアンはこの結婚は二カ月で終わると思っている！

ダミアンは立ち上がった。「ラウンジに行こう」

それでは寝室に一歩近づいてしまう！「わ……私、先にお皿を洗うわ」ケイトは必死に言った。

ダミアンはケイトの腕をつかんだ。「今はいい」ケイトがラウンジに座るのを見届けてから言う。「クリスマス休暇に何かしたいことはあるか？」

ケイトはそれが命綱であるかのようにワイングラスにしがみついた。「いいえ……特には」

「よかった」ダミアンはケイトの椅子の肘掛けに座り、その近さにケイトは彼の腿ばかりを意識した。

「どういうこと？」

「考えていることがあるんだ」

「そ、そうなの？」

「少し遅い新婚旅行として、一、二週間どこかに行こう」ダミアンはケイトのうなじを優しくさすった。

その感触に、ケイトの背筋には奇妙な衝撃が走り、口から出た声は震えている気がした。

「どこに？」

ダミアンが顔を傾け、今まで手を置いていた部分に唇をつけると、ケイトは快感に身を震わせた。「行き先は二人で相談しよう。でも、今はしない」ケイトの顔を自分のほうに向ける。「今は君を抱くから」

ダミアンの目にあらわになった欲望に、ケイトはたじろいだ。「ええと……まだ早いわ。九時半だもの」

ダミアンは立ち上がり、ケイトを難なく立たせた。「じゃあ、シャワーを浴びてからベッドに行こう」

「いいわね」ケイトはその提案に飛びついた。

「ふむ」ダミアンの目はケイトの顔を見つめたままだった。「シャワーは二人入れる広さがある」

「二人入れる……」ケイトの顔に再び狼狽《ろうばい》が広がった。「だめ、それは無理！　私は一人で――」

とたんにダミアンは顔にいらだちを浮かべた。「ケイト、演技はやめろ。僕は完全に君に取り込まれたんだから、無垢《むく》な花嫁の演技はもうしなくていい」

ケイトは目に苦悩の色を浮かべ、頭を振った。「演技じゃない。私、初めてなの。本当よ、ダミアン」

ダミアンは怒りに目をしばたたき、ケイトを寝室に引きずっていった。「何が本当だ。言っておくが、僕は君の無垢な花嫁に似合いの緊張した花婿の演技をするつもりはない。僕は君を手に入れるために高い代償を支払った。自由だ。男が女に支払う代償としては最高のものだよ。その価値はあったと思わせてくれなければ、明日の朝一番に君を追い出す」

ケイトはダミアンから離れた。「あなたにとってはそれだけのことなのね？　自分が欲しいものの代償」

「ほかに何がある？」ダミアンはなじった。「まさか、土壇場での愛の告白を期待してるのか？」

ダミアンの声ににじむ軽蔑の色に、ケイトはいっそう青ざめた。「あなたみたいな人に愛の意味はわからない。あなたは私に好意さえ持っていないようだから、私は今すぐ出ていったほうがいいと思うわ」

「好意！」ダミアンは吐き捨てるように言った。「昼も夜も自分を苦しめ抜く相手にどうやって好意を持つ？」身をかがめ、抵抗するケイトを抱え上げた。「今度こそ君をベッドに連れていくし、もう逃がさない。朝まで百通りの方法で君をいただく。そうすれば、君も僕から逃げようとは思わなくなるだろう」

ダミアンはケイトをベッドに放り出し、すばやく隣に行った。ケイトは懸命に抵抗しながらも、ダミアンの残忍さを実感していた。蹴ってももがいても、ダミアンの圧倒的な強さにはかなわず、彼にあからさまに笑われると決定的な屈辱を感じた。

「ダミアン、あなたなんか大嫌い！」叫ぶように言う。

ダミアンはケイトの顔を乱暴に両手ではさんだ。

「君が抗《あらが》ったところで僕は気にしないと言っただろう。今日何があるかわかっていて君は結婚したんだ」

ダミアンは手際よく服をはぎ取り、二人の裸体はそれが最初から決められた形であるかのように寄り添った。未熟な体が解放を求める感覚にケイトは朦朧《もうろう》となり、毛でざらついたダミアンの胸が自分の敏感な肌に呼び覚ます快感に溺れそうになった。

ダミアンの唇は我が物顔でケイトの喉と肩を這《は》い回ったあと、体勢が少し変わり、すでに高ぶった胸をもてあそんだ。「ダミアン」ケイトは前回の親密な行為を思い出してうめいた。「優しくしてね」

ダミアンが顔を上げると、緑の目は欲望に陰っていた。「今回は先にひげを剃《そ》った」狼《おおかみ》のようにほほ笑む。「君が文句を言う理由も逃げる理由も与えない」

実際、ダミアンの愛撫《あいぶ》は優しく、ほてった体を早く奪ってとケイトが懇願したくなるほどだった。だが、ダミアンは先を急がず、キスはしだいにゆっくりになり、愛撫がかき立てる興奮は強くなった。

ケイトは目を野蛮に輝かせ、髪を振り乱して、ダミアンにしっかりキスを返した。「ダミアン、早く！」

それ以上促す必要はなく、ダミアンの体は重く、それでいて不思議に軽くケイトの上にのしかかってきた。ケイトが覚悟していた痛み、初めての男女の交わりへの恐怖はすぐに訪れ、すぐに消えた。そして新たな、ダムが決壊しそうな感覚が襲ってきた。体が張りつめるのを感じ、じきに解放されることがわかった。頂点に達すると、地球が回転する軸がぐらついている気がして、ケイトは悲鳴をあげた。

「ケイト、いけ。いくんだ！」ダミアンは熱く促し、その苦しげな息づかいから彼も達したのがわかった。

ケイトは浮かんでいる感覚を抑えようと、ダミアンに与える痛みも、二人が地上に戻ったあとも残るであろう歯形も気にせず、彼の肩に軽く歯を立てた。

さっきまでのケイトに対する厳しい態度を思えば、愛の営みの間のダミアンは驚くほど優しかった。女性が結婚初夜に期待するとおりの形でことは運んだ。

ケイトの体はダミアンの体に寄り添い、頭は彼の胸にのっていた。ケイトは強い疲労と眠気……そして、最高の気分に包まれていた。体には生命力がみなぎり、それが二度と訪れない感覚であるのがわかった。今夜、ダミアンはケイトを女にしてくれ、ケイトはこれが何度も起こることを願った。

「ありがとう、ダミアン」ケイトは眠りに誘われ、ほとんど聞こえないほどの声でつぶやいた。

肩に回された腕が動き、髪がなでられるのを感じた。「もう眠って」静かな声が言う。

「話は朝だ」

「話？」ケイトはあくびをした。「何の？」

「わかってるはずだ」ダミアンは低い声で答えた。

ケイトにはさっぱりわからなかったが、今は疲れすぎていて何も考えられなかった。意識が遠のくのを感じ、やがて急に体のまわりが寒くなって、ベッドに一人きりであることに気づいた。狼狽して起き上がり、薄暗い部屋の中から必死にダミアンを捜す。影になった彼の姿がベッドの足元で動くのが見えた。

「ダミアン？」そっと言う。「何をしてるの？」

「すぐに戻るよ」ダミアンはぶっきらぼうに言った。「いいから寝てくれ。長くはかからないから」

「どこに行くの？」ケイトの声には絶望がにじんだ。

ダミアンはケイトの隣に来て、唇にそっとキスした。「すぐに戻る。休んで」彼はドアに向かった。

「行かないで！」ケイトは下唇を震わせて叫んだ。

「眠るんだ」ダミアンは静かにドアを閉めて去った。

先週のいろいろな感情がついにあふれ出し、ケイトは枕に顔を押しつけてむせび泣いた。ダミアンの行き先も、自分を置いていった理由もわからないが、彼が戻ったときに自分が待っていること、飽きられるまで彼を待ち続けるだろうことはわかった。

やがて涙は乾き、眠気が戻ってきた。ここは自宅なのだから、ダミアンは帰ってくる。約束もした。

その晩ケイトが二度目に目覚めたのは、ダミアンの体温が戻ったときだった。力強い腕が回され、毛でざらついた胸に抱き寄せられる感覚があった。ケイトはため息をついてすり寄り、再び眠りに落ちた。

朝になって目覚めたときも、ケイトはダミアンの腕に抱かれていた。彼は眠っていて、険しく皮肉めいた表情の多い顔が、今はリラックスしていて若く見えた。ケイトの目の前で突然緑の目が開いた。

その視線の熱さに、ケイトは顔を赤らめた。「おはよう、気持ちのいい朝ね」おずおずと挨拶する。

ダミアンはケイトをじっと見た。「そうなのか?」

ケイトは神経質に笑った。「天気のことを言ったわけじゃないの。一晩中雨が降っていたみたいね」

「それでも、君には気持ちのいい朝なんだな?」

「た、たぶん」ケイトはダミアンが自分と同じく、寝具の下は裸であることが気になって仕方なかった。

ダミアンはケイトの上気した顔を見つめ、髪をなでた。「僕は君のことを何もわかっていなかったね？」

　ケイトは昨日の狼狽が戻ってくるのを感じた。「どういう意味？」まさか、一夜をともにしただけで私に飽きたの？　確かにケイトは未熟だが、そのうち上達するはずだ。誰だって初めてのときはあるのだ。

「昨夜、僕はジェームズに会いに行ったんだ」

　ケイトはダミアンから飛びのいた。「どうして？」

　ダミアンはベッドから下りてローブを着た。膝までの丈から浅黒い脚を突き出し、腰紐《こしひも》を固く結ぶ。「言ってほしかったよ。愚かな僕を黙らせてほしかった」ダミアンは自己嫌悪に陥っているようで、口元はこわばり、鼻の脇には深いしわが刻まれていた。

「ジェームズに聞いたの？」ケイトは唾をのんだ。

「僕が吐かせた。必要ならぶちのめすつもりだった」

「でも、なぜ……どうして……」

　ダミアンは抑えた動きで室内を歩き回った。「君と愛し合ったあと、僕は君を誤解していたと気づいた。僕は君の初めての男だった。君は二年間ジェームズと暮らしていたんだから、何かを隠しているはずだと思った。ジェームズはシェリと結婚して幸せそうに見えるし、男の能力に問題があるとは思えない」

「二人は幸せよ」

「それはわかってる」ダミアンはじれったそうに言った。「昨夜君が眠っている間、僕は暗闇の中に横たわったまま、状況を理解しようとした。どの答えもしっくりこなかった。ジェームズがすべての鍵を握っていると思ったから、話を聞きに行ったんだ」

ベッドから見えるダミアンが怒っているのは確かだったが、その対象がケイトなのか彼自身なのかはわからなかった。「私にきいてくれればよかったのに」

「僕が求めている答えを君がくれるとは思えなかったんだ。ジェームズも最初は答えを渋っていた」

「私はいずれ話そうと思ってたの。でも、軽く話せるようなことじゃない。それでも、あなたには話すつもりだった。夫のあなたには知る権利があるから」

ダミアンはむっつりとうなずいた。「ああ、僕は君の夫だ。それをどう思ってる？　僕と別れたいか？」

ケイトは目を丸くした。「別れる？　なぜ私が別れたがるの？　ジェームズが兄だと知られたところで、私たちの結婚には何の影響もない。私がジェームズの父親の婚外子なのがいやだというなら別だけど」

「馬鹿な、なぜ僕がそんなことを気にする？　別れたいかときいたのは、僕がどれほど身勝手な愚か者かを知った今、君は僕と暮らすことに耐えられないんじゃないかと思ったからだ」ダミアンは心の痛みを締め出すかのように目を閉じた。「僕自身でさえ、この先自分と暮らせる自信がない」

「理解できないわ」

ダミアンは不思議そうにケイトを見た。「ああ、君は理解できていないようだ。ケイト、僕は昨夜君の処女を奪った。僕が君をその気にさせられることを利用して、君に結婚を強いたようなものだ。僕はことあるごとに君を嘲り、軽蔑し、侮辱した。君が僕を憎んでいないこと、憎んでいないように見えることが、僕には驚きなんだ。僕を憎んでいるか？」

「そうじゃないのはわかってるでしょう」ケイトはダミアンから目をそらし、かすれた声で言った。

「僕と別れたいとも思わない？」

ケイトは首を横に振った。「思わない」

ダミアンはベッドに座り、ケイトのあごをそっと持ち上げて顔を見た。「僕のそばにいてくれるのか？　僕に埋め合わせをさせてくれるのか？」

「あなたに追い出されるまではそばにいるわ」

「追い出すなんて絶対にない！」ダミアンは自分のものだと言わんばかりにケイトを抱きしめた。「僕は君からやり直すチャンスも、何ももらう資格はない。でも、ケイト、君を愛してる。僕は君への愛で頭がおかしくなっていて、君のことがちゃんと見えていなかったんだ。君が優しくて、善良で、僕と結婚するには完璧すぎることくらい、誰でもわかるのに」

「私を愛してるの？　でも、でも……いつ……」

「最初からだと思う」ダミアンはケイトが最後まで言えなかった質問に答えた。「少なくとも、ジェームズの家を訪ねて、彼が君を愛していると言っているのを見たときには。僕は腹が立った。それで、僕が、僕だけがその言葉を言いたいんだと気づいたんだ。でも、愚かなプライドがじゃまをした。君を手に入れたいけど、初めて愛した女性だから、僕が君の初めての男になりたくて、君がほかの男に触られたと思うのがいやだった。ジェームズやほかの誰かが君の体を自分のものにしていると思うたびに、侮辱という手段に頼った。そうしないと、誰かを殴ってしまいそうだった。僕は嫉妬に食い物にされ、心を引き裂かれ、その痛みに耐えられなくなった」

ケイトの目が光った。「サヴェッジ家の男性の一途《いちず》な愛ね」静かにそう言ったが、ダミアンにとってその相手が自分であることが信じられなかった。

「ああ」ダミアンは振り絞るように言い、ケイトの肩を痛いほどつかんだ。「最初から君がそういう存在であることはわかっていた。でも、君はその愛を利用するような女性だと思っていたから、言えなかった。すでに地獄の苦しみを味わっているのに、これ以上は耐えられないと思ったんだ。でも、どうしても君と一緒にいたかった。君を演出できればと思い、スクリーンテストまで持ちかけた。そのあと、ほかの男たちが君をじろじろ見ているところを想像して、これはだめだと気づいた」

「あなたは私の成功を確信していたようだったのに、私に断られたときはほっとしていたと言うと、ジェームズは不思議がっていたわ」

「確信はしている。でも、僕が耐えられそうにない」

ケイトはダミアンのきらめく緑の目の間のしわをさすった。「私にその気はないわ。ダミアン……」ためらってから言う。「私はあなたの愛を利用すると思っていたとさっき言ったけど、今もそう思う?」

ダミアンは肩をすくめた。「それは僕が負うべきリスクだ。君に愛してもらうには、少なくとも僕がすでに君を愛していることを伝えなくちゃいけないと思ったんだ。手始めに、別居するのはどうだろう?」

「ダミアン! 何を言ってるの?」

「究極の犠牲を払おうと思うんだ」ダミアンは悲しげにほほ笑んだ。「君をここに閉じ込めて、愛の行為で骨抜きにすることはできるかもしれないが、僕が望むのはそういうことじゃない。僕は君の愛が、そのすべてが欲しいんだ。ここまでの道順は間違っていて、僕が君の愛を勝ち取るチャンスを得る前に結婚してしまった。悪いのは、五分も一緒にいたら君を求めずにいられなかった僕だ。でも、ほかに男はいないとわかった今は、もう少し耐えられると思う」

「もし耐えられなかったら？」

「耐えてみせる！　君がマットやジェームズのような男をそそのかしていると思ったとき、どれほどの苦痛と幻滅を感じたことか。でも、君の相手が僕だけだとわかっていれば、数週間はしのげると思う」

「私、マットを誘ってなんかいない。大嫌いなの」

「僕もだ……今は。あいつと映画の仕事で一緒なのは地獄だ。僕たちの間には火花が散っている」

「ジェームズに聞いたわ」

ダミアンの口元がこわばった。「今度マットが君に近づいたら首をへし折ってやる。あいつが君にまとわりついているのを見た時点でそうするべきだった。問題は、君もひそかに楽しんでいると思ってしまったことだ。〝いやよいやよも好きのうち〟だと」

「私は本気でいやがっていたのよ」

「少なくとも、僕はあんなことはしないと約束する。君を愛していると気づいたとき、僕は君を忘れようとした。これほど僕の心をとらえ、無力な愚か者にしてしまう女性はほかにいないとわかっていた。僕は君に出会った日からただの愚か者に、どうしようもない馬鹿野郎になってしまったんだ。君も頑張ってくれるか？　僕にデートに誘わせてくれて、僕を知って、僕を愛する努力をしてくれるか？」

「もしそれができなかったら、どうなるの？」

「僕は苦しみながらゆっくり死んでいく」

ケイトはダミアンの顔から冗談の気配を探そうとしたが、見つからなかった。彼は恐ろしく真剣だった。「毎晩、玄関の前でさよならできると思うの？」

ダミアンの顔に苦悩の色がよぎった。「それもやってみせる。君がチャンスをくれるなら、僕の身勝手な欲望でそれを台なしにはしない。君のことは欲しくてたまらないが、それ以上に君の愛が欲しいんだ」

「ああ、ダミアン」ケイトは声をつまらせた。「それはもう、あなたのものよ。あなたを愛していなければ、私があなたと結婚する理由はないもの」

ダミアンの顔は日焼けの下で青くなり、その目は大きな緑の球体と化した。「本気で言ってるのか？」

「本気よ。私はあなたを心から愛してる。あなたが私に愛を託してくれるなら、私もあなたに愛を託せる。人を愛するとはそういうこと……信頼よ」

「ああ、ケイト！」ダミアンは深々とため息をついた。「君は僕を愛してるのか？　本当に？」

ケイトはダミアンの首に腕を回し、自分のほうに引き寄せた。「私がどれだけあなたを愛しているかを示したら、信じてくれるかしら」

「ケイト……」ダミアンはケイトの唇を奪った。

愛の営みの余韻の中、ケイトは幸せな気分でダミアンの胸に体を預けていた。「あなたは今まで、私にすごく意地悪だったわ」からかうように言う。

「君を愛しすぎていたからだ」

「それがあなたの愛の表現でも、私はあなたが私に腹を立てるのは見たくない！」

ダミアンはケイトに回した腕に力を込め、今も残る情熱を込めてこめかみにキスをした。

「君とジェームズの親しさに刺激されてしまったんだ。彼の母親の君への態度が、僕が君に抱いていた思い込みを裏づけてしまった。その状況なら、あの人があいう感情を持つのは当然だと思ったんだよ」

ケイトはうなずいた。「私への思い込みって？」

「結婚指輪を追い求める、金めあての女」

ケイトは体を起こした。「それでも結婚したのね」

ダミアンはケイトを自分の胸に引き戻した。「もちろん。君なしでは生きられないから。君から離れようとしても、数週間経てば戻ってしまうんだ」

「昨夜、この結婚は二カ月しか続かないと言われて死ぬかと思ったわ」ケイトは身震いした。

「僕がどういう気持ちでそう言ったと思う？　君を縛りつけたくなかったからだ。でも、君との結婚を永久に続ける意志があったことははっきり言える」

「私が金めあてだと思っていても？」

「それでも君を自分のものにしたかった。最初から、君が僕に無関心じゃないことはわかっていたし、僕の愛ほど強い気持ちが無駄になることはないと思っていた。君も僕を愛するようになると。絶対に！」

ケイトはダミアンの眉間のしわをさすりながら、彼に対する自分の愛を確信させるには時間がかかりそうだと思った。「あなたが私のもとから去る前、ジェームズに週末一緒だったことを仄《ほの》めかしたときから、私はあなたを愛していたわ」

「そんなに前から？」

「そんなに前から。ダミアン、あなたを愛してる」

「永遠に？」

「その先まで」

ダミアンはケイトを力強く抱き寄せ、開いた唇に視線を落とした。「それが聞きたかった。愛してるよ」そう言うと、ケイトにキスをした。

●本書は2019年6月に小社より刊行された作品を文庫化したものです。


秘密の妹

2025年3月1日発行　第1刷

著　者　キャロル・モーティマー

訳　者　琴葉かいら（ことは　かいら）

発行人　鈴木幸辰

発行所　株式会社ハーパーコリンズ・ジャパン
東京都千代田区大手町1-5-1
04-2951-2000（注文）
0570-008091（読者サービス係）

印刷・製本　中央精版印刷株式会社

定価はカバーに表示してあります。





Printed in Japan © K.K. HarperCollins Japan 2025 ISBN978-4-596-72485-4

2月28日発売

# ハーレクイン・シリーズ 3月5日刊

## ハーレクイン・ロマンス

*愛の激しさを知る*

**二人の富豪と結婚した無垢** ケイトリン・クルーズ／児玉みずうみ 訳
**〈独身富豪の独占愛Ⅰ〉**

**大富豪は華麗なる花嫁泥棒** ロレイン・ホール／雪美月志音 訳
**《純潔のシンデレラ》**

**ボスの愛人候補** ミランダ・リー／加納三由季 訳
**《伝説の名作選》**

**何も知らない愛人** キャシー・ウィリアムズ／仁嶋いずる 訳
**《伝説の名作選》**

## ハーレクイン・イマージュ

*ピュアな思いに満たされる*

**捨てられた娘の愛の望み** エイミー・ラッタン／堺谷ますみ 訳

**ハートブレイカー** シャーロット・ラム／長沢由美 訳
**《至福の名作選》**

## ハーレクイン・マスターピース

*世界に愛された作家たち*
*～永久不滅の銘作コレクション～*

**紳士で悪魔な大富豪** キャロル・モーティマー／三木たか子 訳
**《キャロル・モーティマー・コレクション》**

## ハーレクイン・ヒストリカル・スペシャル

*華やかなりし時代へ誘う*

**子爵と出自を知らぬ花嫁** キャサリン・ティンリー／さとう史緒 訳

**伯爵との一夜** ルイーズ・アレン／古沢絵里 訳

## ハーレクイン・プレゼンツ作家シリーズ別冊

*魅惑のテーマが光る極上セレクション*

**鏡の家** イヴォンヌ・ウィタル／宮崎　彩 訳
**《ハーレクイン・ロマンス・タイムマシン》**

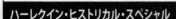

3月14日 発売　ハーレクイン・シリーズ 3月20日刊

## ハーレクイン・ロマンス　愛の激しさを知る

消えた家政婦は愛し子を想う　アビー・グリーン／飯塚あい 訳

君主と隠された小公子　カリー・アンソニー／森　未朝 訳

トップセクレタリー《伝説の名作選》　アン・ウィール／松村和紀子 訳

蝶の館《伝説の名作選》　サラ・クレイヴン／大沢　晶 訳

## ハーレクイン・イマージュ　ピュアな思いに満たされる

スペイン富豪の疎遠な愛妻　ピッパ・ロスコー／日向由美 訳

秘密のハイランド・ベビー《至福の名作選》　アリソン・フレイザー／やまのまや 訳

## ハーレクイン・マスターピース　世界に愛された作家たち ～永久不滅の銘作コレクション～

さよならを告げぬ理由《ベティ・ニールズ・コレクション》　ベティ・ニールズ／小泉まや 訳

## ハーレクイン・プレゼンツ作家シリーズ別冊　魅惑のテーマが光る極上セレクション

天使に魅入られた大富豪《リン・グレアム・ベスト・セレクション》　リン・グレアム／朝戸まり 訳

## ハーレクイン・スペシャル・アンソロジー　小さな愛のドラマを花束にして…

大富豪の甘い独占愛《スター作家傑作選》　リン・グレアム他／山本みと他 訳